"阅读伴我成长"系列丛书编委会

主　编：梁晓英

副主编：宋一江　金剑辉　凌肖宏

编　委：葛津锦　夏成伟　高　宇

点　评：王立群　徐玉根　高　岩

聆听时代的声音

2021年中学卷

"阅读伴我成长"系列丛书编委会 编

图书在版编目(CIP)数据

聆听时代的声音.2021年中学卷/"阅读伴我成长"系列丛书编委会编.—杭州:浙江文艺出版社,2022.4
ISBN 978-7-5339-6819-9

Ⅰ.①聆… Ⅱ.①阅… Ⅲ.①作文—中学—选集 Ⅳ.①H194.5

中国版本图书馆CIP数据核字(2022)第052855号

责任编辑　罗敏波
责任印制　张丽敏
封面设计　吴　瑕

聆听时代的声音
（2021年中学卷）

"阅读伴我成长"系列丛书编委会　编

出版发行	浙江文艺出版社
地　　址	杭州市体育场路347号
邮　　编	310006
电　　话	0571-85176953（总编办）
	0571-85152727（市场部）
制　　版	杭州天一图文制作有限公司
印　　刷	杭州丰源印刷有限公司
开　　本	710毫米×1000毫米　1/16
字　　数	184千字
印　　张	10.25
插　　页	2
版　　次	2022年4月第1版
印　　次	2022年4月第1次印刷
书　　号	ISBN 978-7-5339-6819-9
定　　价	35.00元

版权所有　侵权必究
（如有印装质量问题,影响阅读,请与市场部联系调换）

在阅读中实现精神富有

一个国家、一个民族越是富裕发达,就越重视青少年的读书质量,越重视全社会的阅读推广。这是时代发展的标志,也是社会成熟的标志,更是人类理性的标志。

阅读的价值在于引领精神成长。学习是人的天性,阅读是学习的基础。故阅读成为精神发育最重要的通道,是实现精神富有的最佳途径。对于成长中的青少年,阅读是学习与成长的基础。在阅读的引导下,我们能够实现对人、自然和社会的无尽探索,学会知识,拥有能力,成为精神的富足者。

中华民族的伟大复兴需要强大的物质力量,更需要强大的精神力量。中华传统文化历来重视"诗书传家"。"忠厚传家久,诗书继世长""几百年人家无非积善,第一等好事只是读书""读万卷书,行万里路"……这些都是至今仍被国人奉为圭臬的人生格言。新时代,我们与时俱进、开拓创新,熔铸新时代精神的同时,还要传承优秀的中华文化传统,把阅读当作人生头等大事之一。

在建设共同富裕美好社会征程中,提升全民阅读素养、开展青少年阅读推广,既是广大教育工作者的基本任务,也是全社会的共同责任。"阅读伴我成长"活动已经连续开展十三年,成为嘉兴市中小学生最喜欢、最期待的读书活动。全市中小学生在活动中徜徉书海,爱上阅读,学会读书。活动组委会组织开展了读后感评审工作,并选出其中富有代表性的佳作汇编成集。这是一份沉甸甸的成果,呈现了全市中小学生的阅读视野、思想菁华,体现着嘉兴作为"重要窗口"最精彩板块的文脉赓续、读书风尚。

希望作品入编的小读者们养成读好书的习惯,在成长的过程中始终以好书为伴,成为一个内心充盈富足的时代接班人;希望阅读本书的同学和家长能够博览好书,见微知著,共同形成全社会读好书的良好氛围;希望我们每一个人都能在阅读中实现精神富有,以阅读的高度实现精神的高度,拥有更为宽阔和充实的世界。

嘉兴教育学院　郎　笑

目 录

001/ 奋斗吧,少年!

004/ 身处炼狱　心存理想　坚守信念
　　——读《红岩》有感

007/ 红色信仰一脉相承
　　——读《红岩》有感

009/ 红色中国,红色底蕴
　　——读《红星照耀中国》有感

011/ 万马军中一娇娜
　　——白茹与《林海雪原》

013/ 奔跑吧,后浪
　　——读《青春之歌》有感

016/ 照　耀
　　——《迟到的勋章》读后感

018/ 红日精神不朽

020/ 何为光？熠熠红舟登伟岸
　　——读《陈独秀先生》有感

022/ 骨跃红色血,银河归梦乡

024/ 以风雪沧桑,鉴中华之光
　　——读《红星照耀中国》有感

026/ 红日耀耀盛中华,乳虎啸谷创青春

029/ 红岩精神铸魂,工匠精神扎根
　　——读《红岩》有感

032/ 择其经典或新生,稳树青年之自信
　　——新旧媒体之用于今日少年

035/ 乔木亭亭倚盖苍,百年华夏自担当

037/ 那一缕人间烟火中的百年芳华

040/ 我仰望星空,那里红星闪耀
　　——读《红星照耀中国》一书有感

042/ 愿将此身许天山,引得春风度玉关

045/ "红"色岩石,矢志不渝

047/ 重视疫情,珍爱生命
　　——《白雪乌鸦》读后感

049/ 世纪少年,星河征途

051/ 逆风行舟　心系苍生
　　——读《杜甫传》有感

053/ 起起落落的人生,曲曲折折的情感
　　——读《杜甫传》有感

056/ 苦痛铸就卓越
　　——读《杜甫传》有感

059/ 正因活着　才有希望
　　——读《活着》有感

062/ 人类只有一个地球

065/ 攀登,永不停歇
　　　——读《攀登者》有感

068/ 拿着火炬奔跑
　　　——读《艾青诗选》有感

070/ 星河·初心·征途

073/ 凡心所向,素履所往
　　　——读《红星照耀中国》有感

075/ 架设"中国梯",君子以自强不息
　　　——读《攀登者》有感

078/ 与江湖
　　　——读《水浒传》有感

080/ 与"他"的相识和对话
　　　——《昆虫记》读后感

084/ 敬"真我"
　　　——读《世说新语》有感

087/ 那个时代的他们

089/ 野火烧不尽,春风吹又生
　　　——读《简·爱》有感

092/ 传红色基因　做红色少年
　　　——读《迟到的勋章》有感

094/ 土地的眷恋
　　　——读《艾青诗选》有感

096/ 亲情亘古永恒
　　　——《傅雷家书》读后感

098/ 寒士声
　　——读《杜甫传》有感

100/ 忠诚与救赎
　　——读《追风筝的人》有感

103/ 有一种魔法叫作爱
　　——读《灯塔男孩》有感

105/ 一蓑烟雨任平生
　　——读《苏东坡传》有感

107/ 闻一曲,道出严父慈爱心
　　——读《傅雷家书》有感

109/ 一条永不枯竭的河
　　——读余华《活着》有感

112/ 晨光熹微,心向往之
　　——读《隐》有感

115/ 生的信徒
　　——读《活着》有感

118/ 红船精神永流传
　　——读《红船精神》有感

121/ 浮生如梦,芳菲几许
　　——《成长的哲学课:自我与人生的思考》读后感

124/ 梦想的回归处,就是你的出发点
　　——读《牧羊少年奇幻之旅》有感

129/ 在坚定执着中奋进
　　——读《钢铁是怎样炼成的》有感

132/ 在这温暖的人世间
　　——读《精神明亮的人》有感

134/ 我最怀念的地方是故乡
　　　——读《云边有个小卖部》有感

137/ 拥抱生活
　　　——《苹果树上的外婆》读后感

140/ 灾难·人性·法则
　　　——读《三体》有感

143/ 达者,终成英雄
　　　——也谈《水浒传》

147/ "像"人
　　　——读《象人》有感

150/ 青山长存,我辈担当
　　　——读《给青少年的中国文化课①.了解这些难题》有感

153/ 号角·启明星·光
　　　——读《艾青诗选》有感

奋斗吧,少年!

◆学校:北京师范大学南湖附属学校　◆作者:徐雯婕　◆指导老师:樊美枝

> 青年如初春,如朝日,如百卉之萌动,如利刃之新发于硎,人生最可宝贵之时期也。青年之于社会,犹新鲜活泼细胞之在人身。
>
> ——陈独秀

我不知在你们的眼中,什么是少年的模样,在我眼中,少年的模样应该是意气风发、满怀希望、充满热血的。十六七岁的少年身上,总是带着光的。

我看过很多影视剧,但唯有《觉醒年代》能够深刻印在我的心中。《觉醒年代》讲述了从陈独秀、李大钊、胡适等人领导的新文化运动到中国共产党成立的这段振奋人心的历史,这其中最让我记忆犹新的是"五四运动"。

回到1919年5月4日,这是一个被历史铭记的日子,一场以青年为主体的反帝国主义的爱国运动在北京发起。为了维护我国主权完整,收回山东青岛主权,学生们通过示威游行,高举"还我青岛"的旗帜,以总罢课等方式高声呐喊并主张权利。在这一时刻,青年登上了历史的舞台,成为新生而坚定的力量,中国历史的新时期随之拉开了帷幕。这是青年的力量,也是所有中华学子的力量。

忘不了他们为了国家而誓将牢底坐穿的决心,忘不了他们为了国家而上街演讲、呐喊的身姿,忘不了他们即使在最困苦的环境中也依然孜孜不倦学习的身影。在风雨飘摇、山河动荡的年代,有这么一群青年——毛泽东、周恩来、邓中夏、赵世炎、陈延年、陈乔年……他们用自己年轻的生命,给羸弱不堪的国家延续生命。每一个人物都是历史的主角,他们用自己的热血情怀和崇高精神在那个时代深深地

刻下了自己生命的烙印。这些发生在百年前的故事,如今仍值得我们牢记心间,并代代传承!

我忘不了呀,忘不了陈延年的"混",更忘不了他的坚定,他的执着。

因为革命,他不理解自己的父亲,觉得父亲辜负了自己的母亲和家人。

因为革命,他后来又理解了父亲,有时为了理想,为了国家,不得不做出一些牺牲。

可他有自己的坚持。于是他给自己定下了"六不原则":不闲游、不看戏、不照相、不下馆子、不讲衣着、不作私交。他说,作为长子,他可能不能为父母尽孝,不能为弟弟妹妹尽责,因为他也是立志要为国家献身的。多么铿锵有力的宣言,小小年纪却心怀抱负,不囿于小情小爱,而着眼于天下大局。

这就是陈延年。他一心为国,为实现理想,曾自己创办工读互助社,即使这只是一份微薄的力量,只是一次失败的实践,但也深刻影响了许多学生的思想。为了理想,他远赴法国寻救国之良方,他知道"此生已许国,恐难再许卿"。他最后用自己年轻的生命践行了自己的承诺。在刑场,他不愿下跪而被乱刀砍死,牺牲时,年仅29岁。

如今,有了一条路叫延年路,路的尽头是繁华大道……

我曾看见过这样一段故事:

上海市龙华烈士陵园,有好多人去献花。李大钊烈士在那,陈延年烈士也在那,他们默默地看着一束束花放在墓前。大钊先生走过去,拿起了一束花,闻了闻,花很香,他递给了延年,延年闻了闻,说:"先生,他们爱我。"大钊先生说:"延年,因为你爱他们。"

看到这里,我泪眼蒙眬。

是的,你爱我们,你爱我们,你爱我们!

你曾梦想的繁华盛世,今日,你瞧见了吗,亲爱的延年哥哥?

网上有人问,《觉醒年代》有续集吗?

当然有,我们现在的生活就是续集。

那个时代的青年,用拼搏、牺牲,换来了我们今天平安喜乐的生活。今日的少年,当如何?青年如初春,如朝日,奋斗吧少年!珍惜现在,努力向上,我们都应活成一束光,照耀中华大地!这才是少年应有的模样,这才是告慰先灵最好的方式,这才是中华民族光明的未来。

奋斗吧,少年!

点评

《觉醒年代》中的每一个人物都是历史的主角,面对人物群,小作者选取陈延年为典型人物,以点带面地展示了那个特殊年代的历史风云,刻画了中华民族的精神。结尾处采用虚实结合的写法,预示着美好光明的未来,读之令人振奋。

书海拾贝

生活不能等待别人来安排,要自己去争取和奋斗;而不论其结果是喜是悲,但可以慰藉的是,你总不枉在这世界上活了一场。有了这样的认识,你就会珍重生活,而不会玩世不恭;同时,也会给人自身注入一种强大的内在力量。

——路　遥

身处炼狱　心存理想　坚守信念
——读《红岩》有感

◆学校:海盐县博才实验学校　　◆作者:康钰俐　　◆指导老师:曹红梅

晨星闪闪,迎接黎明。

林间,群鸟争鸣,天将破晓。

东方的地平线上,渐渐透出一派红光,闪烁在碧绿的嘉陵江。湛蓝的天空,万里无云,绚丽的朝霞,放射出万道光芒。

不知是第几次读到这几段文字了。我轻轻合上书本,任由午后的阳光肆意地洒在书的封面上,将那两个字照得格外耀眼——红岩。

炼　狱

1948~1949年,解放战争以雷霆万钧之势不断推进,国民党反动派的最后堡垒——重庆,正处于全面包围之中。盘踞在这里的反动派进行着垂死挣扎,那些被关押在"中美合作所"集中营里的共产党员则与他们展开了一场胜利前光明与黑暗的殊死搏斗。面对敌人的威逼利诱,成岗高声说道:"人,不能低下高贵的头,只有怕死鬼才乞求'自由'……"脚下是沉重的铁镣,头上是高举的皮鞭,但这样的毒刑拷打动摇不了一颗共产党人的心。面对敌人的刑讯逼供,江姐凛然说道:"上级的姓名、住址,我知道……这些都是我们党的秘密,你们休想从我口中得到任何材料!"鞭子抽打,竹签插入指甲,烧红的铁烙上皮肤,盐水洒入伤口……但这样的折磨无法动摇革命志士的坚定意志。革命烈士许云峰在英勇就义前毅然说道:

"人生自古谁无死？可是一个人的生命和无产阶级永葆青春的革命事业联系在一起，那是无上的光荣……"而他，曾遭遇老虎凳、电刑……白公馆、渣滓洞，是折磨共产党人的地狱，他们在那里承受了生理的极限，忍受了常人难以想象的痛苦，但是，任何酷刑都没有摧垮他们的意志，任何诱惑都没有让他们背叛自己的信仰，他们以常人无法想象的毅力与反动派抗争到底！

这，就是宁死不屈、铁骨铮铮的共产党人！

信　念

在黎明前最黑暗的时刻，在国民党剿共最激烈的时候……中国共产党的活动反而比任何时期都要活跃。在渣滓洞和白公馆，他们靠着不屈不挠的精神和毅力，与国民党反动派抗争到底，谱写出一曲曲生命的赞歌！在敌人一次又一次的镇压和迫害下，是什么样的精神支持着他们所做的一切？是中国共产党人的精神，是红岩精神，是红色精神，更是发源于嘉兴南湖的"红船精神"！他们坚信：共产党人一定会胜利，人民的力量一定能战胜一切。

峥嵘岁月，血色中华。红岩精神就像一面旗帜，激励着一代又一代年轻人奋斗不息。历史的长卷翻过了一篇又一篇，东方的红日早已冉冉升起，中国共产党一步步带领人民走向胜利，走向未来。

前　行

2021年正值中国共产党的百年华诞，身为成长于南湖红船旁的中学生，我们更应传承并发扬这份精神，接过历史的重任。在迷茫时，坚定澄澈的初心；在疲惫时，心存胜利的希望。

六十余年过去了，红岩精神一直在激励着我们。在学习的路上常常有倦怠，有诱惑，但每当遇到困难与挫折，这种精神就会如利剑般为我们披荆斩棘，帮助我们翻越一座座山林。在这个时代，手游、动漫、短视频，那一个个被"精心"设计的"洪水猛兽"时时刻刻在诱惑着我们，在牵绊着我们，片刻的欢愉也许会带来即时的满足，但想要实现梦想，就必须像先辈那样坚定信念、脚踏实地地面对人生的每一次考验，每一次诱惑，要与无尽的寂寞和孤独战斗。

希　望

　　未来的路能走多远,仍是未知,它需要我们不断去开拓,去探索,正如《红岩》里的英雄一般。

　　正是因为有这些英雄血染红岩,中国才会重换新天。

　　正是因为有了中国共产党的引领,中国才会在百年中成就辉煌。

　　历史不会重复,但真理永存。胸怀理想,握紧手里的武器,即便身处炼狱亦能一往无前。一代人有一代人的使命,红船少年挺直腰板,认真听讲,拿起手中的笔,认真对待每一张卷子,振作精神,在晨星闪闪中,迎接黎明。

　　穿过林间,群鸟争鸣,天将破晓。

 点　评

　　全文构思独具匠心:以"炼狱""信念""前行""希望"作为小标题,带着读者走进作品,了解那个时代的风云变幻和英雄人物,继而走出作品,联系现实、畅想未来。首尾遥相呼应,具有回环之美。

红色信仰一脉相承
——读《红岩》有感

◆学校:桐乡市求是实验中学　◆作者:阮香荧　◆指导老师:钱增妍

晨雾刚刚散去,细雨仍是蒙蒙。

那张布告在眼前晃动,似一个噩梦般久久挥之不去。它将你的期盼和憧憬无情地撕成两半。从此,他再不能与你并肩战斗了。你紧咬嘴唇,将痛苦和仇恨深深地咽了下去。没有哀怨,没有动摇,你来到了他曾经工作的地方,继续怀着信仰为解放中国而奋斗。

街道空空荡荡,半旧的大门显得阴森又恐怖。

你机智地和叛徒周旋,顺势狠狠地赏了他一耳光。你鄙视地看着叛徒,无畏地对着那管黑洞洞的枪,愤怒地呵斥那个无耻之徒。而后,你一转身,轻轻地拂了拂自己的旗袍,昂首迈步走出了大门。

正是黎明前黑暗的时光,你静坐在渣滓洞中。闻得中华人民共和国成立的喜讯,你那样兴奋但又尽力冷静。伟大的党即将带领同志们一起解放全中国,共同建设美好的家园。你与战友们多年的奋斗也终于取得了胜利。我仿佛看见你欣喜的眼眸,正憧憬着美好的未来。然而你仍有一层顾虑:新中国的阳光还未能驱散这里的阴霾。在这里的同志们是否也能看到新中国的阳光呢?你深感忧虑。

当你欢喜地接过战友们手中的"五星红旗",望着那四颗星星围绕着"党"闪闪发光,你是多么心潮澎湃。这是同志们用生命争取的光芒啊!多希望这光芒能驱散黑暗。

然而,这一切你将不能看到了。魔窟在走向崩溃之际仍然拼命喘息着,疯狂地进行了反噬。你欣然接受了这一切,穿着那象征着天空的蓝色旗袍,毅然奔赴

了刑场。

那天寒风凛冽,你笑着走上前去,将一丝乱发拨正。枪声响起。最后的一刻,你仿佛看到了同志们亲手做的"五星红旗"在蓝天中迎风招展……

我轻轻地合上书,拿起了书桌上那一面小小的五星红旗,仿佛有一股神奇的力量,让我对它心生敬意。它如今能自由飘扬在中国的每寸土地上了,先辈们的梦想已经成为现实。我紧紧握住手里的五星红旗,仿佛接过了先辈们手中的那面"五星红旗",那么珍贵而负有使命感。七十余年了,这红色还是如此鲜艳夺目,提醒我们时刻牢记先辈们的伟大牺牲,继承他们钢铁般的革命意志,和永不消逝的信仰。

事实上,整个华夏民族都在传承这种信仰。我们克服重重困难,在世界的最高处——珠穆朗玛峰插上了五星红旗,向世界展示我们征服自然的能力;我们刻苦训练,努力拼搏,五星红旗一次又一次地在奥运赛场上冉冉升起,展示了一个体育大国的真正实力;神舟五号飞船更将这面五星红旗载上了太空,标志着一个伟大民族正在崛起。

作为这个民族的新一代,我们更有责任和义务接过这面五星红旗,接过先辈们的这份伟大信仰,视民族复兴为己任,坚定地保卫五星红旗,使五星红旗变得更加耀眼。愿我们早日实现中华民族的伟大复兴梦。

 点评

本文以历史发展为经,以阅读《红岩》的现实意义为纬来组材,采用第二人称娓娓道来,有一种面对面聊天的亲切感。内容上既有大胆的想象,又有真实的还原,对比喻、拟人、排比等修辞手法的灵活运用,使文章极富感染力。

红色中国,红色底蕴
——读《红星照耀中国》有感

◆学校:嘉兴南湖国际实验中学　◆作者:王一嘉　◆指导老师:曹荣林

血红的封面,让我满怀激情;朴素的文字,令我热血沸腾。

这是埃德加·斯诺的经典之作,这个美国记者深入苏区,跟随红军战士走南闯北,静静感受那红色底蕴。他用优美的文字描绘出那一颗闪耀的红星,写出了这部研究中国革命的经典教科书。

轻轻抚摸着《红星照耀中国》的封面,仿佛回到了那个红色中国……

那,什么是真正的红色底蕴?

红色底蕴,是红军领袖的坚定信念与执着追求。周恩来,军队领袖,但司令部的门前却只有一个哨兵。屋子里干净整洁,土炕上挂着的一顶蚊帐,是唯一可见的"奢侈品"。周恩来正是坐在这个再普通不过的土炕上与斯诺谈话。你能否想象,党的精神领袖就是在这样的小屋中,带着红军走向胜利?没错,这就是最真实的周恩来:朴素,深沉,毫不张扬。虽身居陋室,但他凭着自己崇高的精神境界,使得"陋室不陋"。毛泽东,中华苏维埃共和国主席,他虽然是农民出身,但对事情有自己独到的见解。他不愿意屈服于父亲严格的约束,他如饥似渴地阅读,觉醒自己的思维。他坚持革命斗争,赤手空拳打出一片天地,为他热爱的革命事业奋斗。彭德怀、贺龙、刘志丹……这些耳熟能详的名字在书中频繁出现,也深深地印在了我的心里。他们在黑暗年代中凭借着光明之心和信仰,走上红色之路。正因为有了他们,才有中国共产党的卓越成就。

红色底蕴,是红军战士们不畏艰难、宁死不屈的革命英雄主义气概。两万五千里长征便是最好的体现。大渡河畔,红军将士飞夺泸定桥,仅仅凭借几根铁索,

战士们用自己的身躯铺出前进之路;过大草地时,他们坚决不拿群众一针一线,凭借顽强的毅力和永不言弃的精神,一步一步走向胜利;攀登大雪山时,他们齐心协力,不畏严寒,行走在陡峭的山路上……红军将士总是将国家大义置于个人生死之上,用自己的生命捍卫民族荣耀,为了革命事业坚决斗争到底。在他们眼里,大渡河、大草地、大雪山都不能阻挡他们前进的脚步,更不能阻挡他们为了中国的未来不断奋斗的心。

红色底蕴,是众多平凡的中国人民对党的绝对支持与信赖。少年先锋队队员自愿参加红军,虽然他们还很小,但对革命事业的信念却无比坚定。父老乡亲的鼎力支持,让红军将士们有了奋斗的勇气和信心。他们知道,只要人民支持他们,他们就一定能获得胜利。群众一次次掩护红军,一次次送来粮食,都让红军将士更加坚定了革命的决心。

中国共产党走过一百年风风雨雨,闯过一道道难关。今天,中华人民共和国昂然屹立在世界的东方,向全世界展示,在中国共产党的领导下,人民的生活越来越好,国家现代化程度越来越高。神舟飞船、天宫空间站、东风系列导弹、航空母舰等一系列成就,都让世界感受到中国的强大。

我们相信,在中国共产党的领导下,红星必将照耀中国,照耀世界!

 点评

全文以"红色底蕴"为核心,分别从红军领袖、红军战士、平凡的中国人民这三个角度加以诠释,结构严谨整饬。此外,小作者还将作品中的内容与自己的现实生活巧妙联系起来,文白相间、张弛有度的表达中洋溢着民族自豪感,颇具感染力。

万马军中一娇娜
——白茹与《林海雪原》

◆学校:海盐县博才实验学校　◆作者:徐之涵　◆指导老师:曹红梅

我曾经看到过一篇文章,讲的是作者自己看《林海雪原》的经历,作者写自己在1957年《林海雪原》刚出版时就拜读过,那时年轻气盛,总想着自己要是少剑波该多好,驰骋雪原,激扬文字;后来又写到自己成家了,总想着白茹和少剑波的故事要能再写下去该多好;再到后来老了,年纪大了,想着还是蘑菇老人好啊,自己也要趁着太平年代上东北采蘑菇去。最后他评道:"《林海雪原》真是本奇书啊,啧,每个年纪读总得想点什么,说点什么。"

在十四岁这年,我有幸也读到了这本"奇书",并且竟真如这位作者所写,当白茹朝着王团长喊"用不着向营里调,我去"时,我真的开始"想"了起来……

什么是"林海雪原"?封面上印的是一片白色与褐色交错的天地,故事讲述的是一场历时五个月,发生在东北茫茫大地上的剿匪斗争。牡丹江军分区独立二团参谋长少剑波带领的三十六人分队奇袭奶头山,智取威虎山,帮助夹皮沟,一路与土匪斗智斗勇,必要时开军事民主会。白茹是谁?王团长咧嘴一笑道:"小山子战斗的抢救模范小白鸽!"她在风雪中翩翩起舞,在作战地图上剥松子,彻夜实施手术后第二天还会甩着小辫子唱歌;她在火线上连救十三名伤员,上山时倔强地独自背抢救包,不服气地一歪头说:"别轻视女同志!"因而有了二〇三首长笔下的"万马军中一娇娜,颜似露润月季花……"

可是最后他又把"娇娜"二字涂掉了,并且在下面还加了一个批语:"这两个字有损于她的形象,但是用什么字呢?"下面乱楂楂地点了一簇黑点,又有一句注语:"东北的群众对小女的爱称是'小丫',对!就用'小丫'。"于是"万马军中一小

丫……她是万绿丛中一点红"便记在了二〇三首长的日记本上。

读完后,我反倒认为"娇娜"二字更好,白茹没有娇娜的妖气,却有娇娜的灵动可爱、知书达礼,有高超的医术,也有刚毅坚强的意志。

白茹更多地代表着军人所不为人注意的一面。在爬雪山时,白茹会尖叫着对战士们喊,别趴下,趴下会睡着,睡着会冻死;会毫不忌惮地向首长报告只有首长的卫生情况不合格。从某种意义上来说,她帮助着小分队成长。

看过其他人物后,我们也许会感佩于人物高尚的共产主义道德品质与革命英雄主义的气概,但看完白茹后,我们会想,原来所谓的"万马军"中也有细腻的一面,原来"革命"后面也可以接"浪漫主义精神",而到最后她们的本质与他们一样,也会在心中想:一切归功于党,一切归功于群众。在漫天的"天王盖地虎,宝塔镇河妖"中,彼时的她们像一股清流,现在的我们又不得不承认社会不仅要有刚还要有柔,她们也是当今这片林海雪原中所需要的英雄人物。

白茹无疑为生在这个时代的中国女孩提供了很好的示范,解放战争前有"万马军中一娇娜",也必会有建党百年后今天的"破荒闯阵荣春华"。正如书末少剑波所写的"新的战斗又开始了",你看,我们的奥运健儿们——杨倩、全红婵、朱雪莹、张雨霏、巩立姣、施廷懋……这些中国女孩也在用自己的行动诠释着民族的信念,在时代的激流中勇当英雄人物。这信念已十分明了,与白茹在当年那盏小油灯下写下的"一切归功于党"一起,发出最深沉的共鸣,它是建党百年庆典上女领诵员向苍穹高昂起头颅时的坚定誓言:

"请党放心,强国有我!"

 点 评

《林海雪原》是一部"男人戏",但小作者却另辟蹊径,选取白茹这一女性角色作为切入点,以此展现革命富有"浪漫主义"的特点,这一写作视角很有新意。文章起承转合自然流畅,仿佛在和朋友聊家常,温馨又美好。

奔跑吧,后浪
——读《青春之歌》有感

◆学校:塘汇实验学校　◆作者:周思邈　◆指导老师:李辉芹

2021年是中国共产党百年华诞。在这个英雄辈出的国度里,红色故事经久流传,红色印记不可抹去,而阅读红色经典能让我们体会风流人物的雄心豪情,理解作为中华儿女的初心使命,激活我们的红色基因。

在我看来,《青春之歌》是一部跨越六十余年,仍能激涌红色血脉的不朽作品。故事以旧社会为背景,讲述在那个遍地哀鸿满城血的时代,以林道静为代表的一批进步青年共同演绎了从对待世俗的淡然冷漠到投身革命的热血沸腾,从反对封建统治到抗击帝国主义的豪情满怀,最后在中国共产党的领导下投笔从戎。一曲终了,尽是慷慨与悲壮。

国家危难之际,小小的他们做出了一生中最伟大的抉择——无疑,这需要莫大的、无畏的勇气。个人处于生死之际,小小的他们也许犹豫过,也许彷徨过,但最终选择了向死而生。他们本可以选择熟视无睹,选择麻木不仁而安安稳稳地过完这一生,然而他们正是看到了麻木的中国,才将自己的血液融入祖国的前途和民族的命运中。和大多数革命者一样,他们清楚:时代需要他们,历史需要一批他们这样的进步青年,用自己的热血去唤醒陈腐的灵魂。

正如那个多舛的时代需要中国共产党一样。1921年,嘉兴南湖的一艘红船上传出巨人的呐喊,犹如春雷,唤醒沉睡已久的东方巨龙,劈开了那数百年来笼罩着人们的荫翳,为无知而不幸的人们展开了共产主义的伟大旗帜。中国共产党领着革命者从这里启航。

作为生在南湖畔的儿女,从小的耳濡目染,让我深知那艘小小的红船承载的

力量之磅礴,深知嘉兴这座城市承载的历史底蕴之厚重,我心中是满腔的自豪,同时我们每一个新时代的青年都肩负着红色使命。

百年浪潮,共克艰难险阻。

中国共产党一直是时代的中流砥柱,是中华民族的脊梁。万里长征的艰难险阻,十四年抗战的艰苦卓绝,白色恐怖下的千回百转,南征北战的荡气回肠,无不给予我们无尽的力量,无不流淌着千秋万代革命精神的伟大荣光,永垂不朽。

百年浪潮,共筑康庄大道。

在中国共产党的领导下,无数革命先烈在枪林弹雨的交织中,用鲜血和生命,换来了中国革命的胜利。终于,中华人民共和国成立了,鲜花和欢呼汇聚在祖国的心脏——天安门前,每个人脸上洋溢的笑容都讲述着祖国的顽强不息、群众的解放热情和共产党的辛勤耕耘。

虽然解放后的中国千疮百孔,百废待兴,但是中国共产党又带领我们不断探索与深化社会主义建设。虽然走过弯路,受过挫折,但共产党始终为人民谋幸福,为民族谋复兴。

百年浪潮,共谱时代华章。

红船精神一直在延续。改革开放以来,党始终不忘初心,砥砺前行,领时代潮流奋勇向前。所以,有九天揽月之嫦娥,有量子计算之九章,有核电并网之华龙,有世界巨眼之天眼,有全球导航之北斗,有两栖猛兽之鲲龙……红船精神代代相传,让中华民族永远在困难险阻中屹立不倒,让中国飞速发展的动力经久不衰,让伟大复兴的梦想实现可期。

从陈腐落败的封建思想到自由科学深入人心。

从割据混战的炮火连天到中华民族众志成城。

从面临亡国灭种的严重危机到位居世界前列。

这盛世,如我们所愿。

那艘驶于嘉兴南湖的小小红船,承载着中华民族的重托,终成一艘带领中国行稳致远的巍巍巨轮。

百年浪潮,风雨兼程。百年浪潮,风华正茂。

看《青春之歌》,深感敬佩。站在"第二个一百年"的历史节点,回首望,我们已经圆满完成了"第一个一百年"奋斗目标的时代答卷。在新的征程,时代是出卷人,而我们成了答卷人。作为时代的后浪,生于盛世,定不负盛世,我们要牢牢握住时代的接力棒,做一个心怀红色、砥砺前行的实干者。

吾辈后浪奔腾不息,书写时代日新月异!

 点评

  小作者联系南湖畔的红船展开行文,分别从"百年浪潮,共克艰难险阻""百年浪潮,共筑康庄大道""百年浪潮,共谱时代华章"三个层面来抒写革命精神的伟大和不朽,字里行间洋溢着一个初中生积极向上的态度和力量。此外,长句短句灵活运用,具有参差错落之美。

照 耀
——《迟到的勋章》读后感

◆学校：平湖市行知中学　◆作者：程菲菲　◆指导老师：夏松瀛

"风萧萧兮易水寒,壮士一去兮不复还"!

"俱往矣,数风流人物,还看今朝。"

每每读起这些诗句,人们会为抛头颅、洒热血的烈士而赞叹,内心掀起的波涛会化为对敌人们的愤怒、对雄心壮志的战士们的敬仰。如今建党已一百周年,但人们永远不会忘却铭刻历史的他们、饱经沙场的他们、奋勇杀敌的他们。

翻开历史的篇章,属于他们的那些不为人知的故事,一幕幕重现。合上书本,沉重的文字印在冰冷的纸页上,但仍能感受到其中的热血与跳动的心。《迟到的勋章》以纪实手法展开叙述,是一部为纪念中国人民志愿军抗美援朝作战七十周年而创作的文艺作品。主人公柴云振,是一名抗美援朝的战斗英雄,作者以其英勇奋战的亲身经历为线索,展现了人民志愿军勇往直前的战斗精神、在朝鲜战场冲锋陷阵的顽强意志,以及初心不悔的心路历程。战斗中的视死如归、战场上的奋不顾身,都证明了他钢铁般的意志和熊熊燃烧的保家卫国之心。一旦听到号角的召唤,他会快马加鞭奔赴战场,无惧枪林弹雨,这是无法抗拒的使命,也是人民英雄的精神。他走过如烈火般滚烫的沙场,面对过如寒风般残酷的恶敌。所谓"黄沙百战穿金甲,不破楼兰终不还",他的人生值得被歌颂,他的浩气长存。

作者拾取着属于柴云振人生的一块又一块碎片,挖掘出无数人民英雄的心声。一个个精忠报国、忠肝义胆的热血之魂,矗立在神州大地,抒写着无数壮丽的篇章。我们呐喊,中国人民站起来了;我们欢呼,人民英雄的伟大胜利;我们回忆,中华民族经历的腥风血雨。这一刻,我们身处同一个时代,站在同一块广袤无垠的土地上,仰望着同一片璀璨的星空,追寻着同一个关于中华民族伟大复兴的梦想。

　　幻想永远成就不了现实。如今的一切,来自先辈们的赴汤蹈火;现在的美好,来自先辈们付出的血汗。也许上天没有给我们普度众生的能力,但我们能以独有的方式,生存在这浩瀚的大千世界里;我们都不是天赋异禀的人,但我们可以找到自己的方向,并为此付出努力。我们是中华民族的一分子,都能够献出自己的一份力,为中国添砖加瓦,让祖国繁荣富强。

　　中国人民的力量势不可当。如果我是医生,便可以拿起手术刀,解救众生;如果我是警察,便可以寻求真相,庇护众生;如果我是老师,便可以撒下种子,培养众生;如果我只是一个不起眼的小人物,我会奔向远方,寻找光明;如果我是一名学生,我会拿起书和笔,眺望漫长的未来。

　　陆游在《病起书怀》中写道:"位卑未敢忘忧国,事定犹须待阖棺。"英雄光之所在,照耀着华夏儿女的心之所向。个体很渺小,但我们应当永远怀揣赤子之心、爱国忧思。

　　这是最好的时代吗?或许不是。但我们仍然可以与之共舞,去抗衡,面对,冲破,呐喊,永远不要停止。

 点 评

　　小作者善于从历史中寻找典型人物的典型事迹,在"典型"中抒写对英雄人物的崇敬和赞美,说理有力,抒情真挚,同时还联系现实生活,进一步表达了自己的阅读感悟,肺腑之言引人共鸣。

红日精神不朽

◆学校:北京师范大学南湖附属学校　◆作者:王漪波　◆指导老师:林云娣

炎炎夏日,河岸边的柳树垂下了头,路旁的美人蕉晒败了叶,连知了都仿佛不再歌唱……唯有那一轮红日,骄傲地高挂在天空。

红日初升,其道大光。河出伏流,一泻汪洋。不知不觉,我竟翻开了尘封已久的《红日》——这本书用细腻的笔风与手法,讲述了1947年发生在江苏的涟水和山东的莱芜、孟良崮的三场战役。作者将共产党与国民党之间的战斗场面描写得淋漓尽致。由于国共双方力量悬殊,一开始解放军明显处于劣势,但经过顽强的抗争和不懈的努力,最终取得了胜利,并在最后的孟良崮战役中全歼了国民党的七十四师。

合上书后,我的脑海中浮现出了当年中国共产党领导千千万万的解放军战士为了光明和希望而战斗的场景。那一个个不畏生死的英雄,那一场场惊心动魄的战役,那一道道无法磨灭的伤疤……都在我的脑海中久久地停留,挥之不去。那个已经离我们远去的年代,流淌着多少中华儿女的热血。他们奋力拼搏,献出了自己的青春岁月,换来了如今十四亿多中国人的安宁与和平!当你躺在舒适柔软的大床上时,当你没日没夜地抱着手机时,你是否曾想起那些战死沙场的革命英雄?你是否还慵懒地躺在床上?你是否还猛摁着键盘,双眼发直地紧盯着手机屏幕?当你日复一日地重复着这样的事情时,心里可曾闪过一丝愧疚,一丝对前人的愧疚?

难道,英雄们多年前的殊死拼搏,仅仅只是为了如今我们的碌碌无为?

那时候,有多少与我们同龄的孩子还未曾享受过童年的幸福,就枉死在战争的硝烟之下;还有的孩子,小小年纪就失去了能够依靠的亲人,甚至不得不面对残忍的战争。如果这一切的一切发生在你的身上,你的选择是什么?是选择软弱地终日以泪洗面,埋怨上天给了你一个不幸的人生,还是擦干眼泪,勇敢地面对,为争取光明而奋斗拼搏?

人生的选择权握在自己的手上,正确的选择未必有令人满意的结果,但错误的选择只会造成错误的结果!

在川流不息的时间之河里,每一代青年都有自己的际遇和机缘,但跟党走是不变的主题,奋斗是不变的旋律。"00后"的我们,看着周遭日新月异的环境,不得不感叹,前人的奋斗与努力,始终是值得的啊!是他们用双手换来了现在的国富民强,是他们用汗水铸造了如今奇迹般的中国!他们的精神永远都将深深地刻在千千万万的中国人心中。而我们,便是这精神的延续。我们是祖国的未来,世界的未来。几十年后,必定是我们站上引领中国的舞台。也许我们永远无法体会当年革命英雄们视死如归的勇气,而那些已经逝去的人们也看不到如今强大的中国。但是,我们会努力,我们会争取做得更好,我们保证——几十年后的中国一定会越来越好!越来越强!即便他们看不到……希望永远都不会破灭,因为在几十年后的彼岸,会有一群踌躇满志的年轻人扬着帆,朝胜利勇敢地划去。

你看,从抗击新冠肺炎疫情的青年突击队,到把奋斗身影定格在乡村希望田野上的青年第一书记,从"清澈的爱,只为中国"的戍边英雄,到奔赴边远地区撒播梦想的支教群体,从在洪水之中救援群众的抗洪英雄,到在奥运赛场上挑战极限的奥运健儿,无数事实表明:"新时代的中国青年是好样的,是可以堪当大任的!"青春追求让我们的时代画卷更为绚烂,青春志向让我们的奋斗坐标更为高远。我们相信,未来正如天上的这一轮红日一般,闪耀到令人睁不开眼。

傍晚,窗外。一轮红日正缓缓落山,但它却将无尽的光明遗留在了人世间……

 点评

小作者以美丽的"红日"之景起笔,自然地引出自己的阅读感悟,在比照中反思,在反思中畅谈未来,内容上有虚有实,跨越了时空的界限,给人耳目一新之感。最后以"红日"之景收束,舒缓灵动,韵味悠长,耐人寻味。

何为光？熠熠红舟登伟岸
——读《陈独秀先生》有感

◆学校：海盐县实验中学　◆作者：朱沈霏　◆指导老师：史勋能

　　光是什么？是幽幽深海中的一束光明，是贫瘠土地上那最后的玫瑰，是战乱枪炮中孩童稚嫩的歌声……像是上天有意，在那个年代的中国，于新旧交替之际，安排了这么一群人，于黑暗中摸索前进，以血肉之躯照耀神州。

　　"熠熠"意为光彩闪烁，以火为辅，羽字当头，共同耀白光。正如钢铁，在炙热与骤冷间炼成，坚不可摧，撞击时震天动地，犹如浩荡鼓声响彻黄土高原，毫不含糊，一点儿不退缩。"红舟"一词，初听，是江南水乡的几分温柔，木桨微荡，涟漪泛起；再看，是火光般的鲜丽和热烈，是夜晚的燎原野火，照亮整片夜空；三品，终得知，红舟本非红，乃由那刚烈如火的人儿所铸，他们点亮浩瀚星火，将无数前人的血汗凝聚，让为理想而献出生命的先辈感到慰藉。

　　鲁迅问："药在何处？寻药之人又是谁？"陈独秀说："我，我们。"在众生皆苦、唯有自渡的年代，在权与势的征战中，在风雨飘摇、泥泞满地的社会，有人挺身而出，有人逆行不惧，有人心怀真理，逐光而生。《觉醒年代》中，"二十八画生"毛润之以衣藏书，用心暖书，踏着泥浆，余光瞥见众生：衣衫褴褛无家翁，无辜幼儿卖街头；又见：鲫鱼翻滚竹篓中，阴霾雾中散光还。本是无力社会情，今却垂怜天下生，自此难忘怀。陈独秀先生因遭遇政治迫害而流亡日本，偶遇知己李大钊，相问寒暖棉衣赠，本是无心谈政治，察悉民情又动摇。陈仲甫为《新青年》杂志撰稿，受蔡元培邀请，于北大任教，从此打开了崭新的局面，唤醒国民尘封已久的思想。

　　此后，他们突破重重阻挠，经过一次次的乔装化名，最终相会南湖。他们相约画舫，王会悟同志坐于船头望风，一有情况，便哼小调敲舱门提醒；其余人于船内举行会议,他们心怀热忱,一心为中国寻药引;他们志趣相投,怜悯苍生,明白青年强则国强,必须追求进步的而非守旧的新社会。辉光层层透云锦,酒未沾唇心尤热。在红船前进的方向,那位远望的女性,眼中有光,心有未来,代表着新时代女性的温柔知性:她们勇于打破常规,为天下女子寻尊重、寻理解;她们能够给予自己的亲人慰藉与力量,在朴素的布衣发髻后,是常人无法比拟的强大的内心。

虽然"是非成败转头空",却也当"直挂云帆济沧海"。无论结果,无论生死,无论后世评论功与过,无论世人的目光鄙夷或崇敬,他们向着光,既然选择了远方,便只顾风雨兼程。所谓曙光登台,是《国际歌》传唱民间,是工农阶级的嘹亮号角,是民主推翻专制;所谓黎明前的流血,是陈家满门忠烈,是大好年华踏上不归路,是在反动派迫害下,无数燃烧自己只为光明的理想者——历史书上简简单单的一句"中国共产党成立",背后有太多太多的坎坷。

"妈妈,为什么南湖水如此波澜不惊?""孩子,那是因为它深不可知。"我们注视着,注视着彼岸。恍惚间,那艘红船圣光笼罩,摇摇晃晃前渡。百年前的革命种子早已发芽,今已亭亭如盖;红舟终登伟岸,从此人间熠熠再无暗夜。

 点评

"光是什么?是……"一个设问拉开了全篇的序幕,文章主体着墨于中共一大的召开及意义,遣词用句富有特色,短句明快有力,长句缜密细致,整句对称和谐,散句灵活自然,表现出小作者不错的语言驾驭能力。

骨跃红色血，银河归梦乡

◆学校：桐乡市求是教育集团启新学校　◆作者：姚晨烨　◆指导老师：朱静怡

以青春之名，书写清澈挚爱。以心中热血，敬礼中华。

——题记

百年前，山河破碎，国家落后，民不聊生，思想封闭。

百年后，领土完整，国家先进，安居乐业，思想开放。

这百年间翻天覆地的变化，是革命先烈用自己的血肉之躯换来的，是用日日夜夜无停歇的奋斗换来的，来之不易。而这一面鲜红的国旗，是由成千上万人的鲜血凝聚而成。

列宁曾说过，忘记历史就意味着背叛。中国的历史曾是惨不忍睹的，由于清政府的腐败，一次次签订不平等条约，一次次割让土地，一次次赔款……这一切无不让中国沦落得更深，无不让人民过得更痛苦。西方列强掀起瓜分中国的狂潮，而中国只能任其摆布。为了后人能远离如此凄惨的困境，中国开始改变：从一开始的洋务运动，到戊戌变法吸收西方先进经验，再到如今的现代化建设……这一切，都是先辈们为了国家走向繁荣昌盛，为了祖国领土不再被他国践踏，为了人民不再被欺压而付出的努力。

中华人民共和国成立了，中华民族站起来了，但他们并未因此放松，反而更加努力，因为他们从未忘记过毛主席所说的"落后就要挨打"。

"谁终将声震人间，必长久深自缄默"。坚持是奋斗的动力，无法持之以恒的奋斗注定是昙花一现，甚至原地踏步，异想天开。所有细微之下都隐藏着冰雪消融、春暖花开的力量；所有的阴霾之下都藏匿着柳暗花明、彩虹跨天的光芒。长久的积累，使我们逐渐拥有探索未知的力量。我们无法在时间的长河里垂钓，但我们可以将对苦难的诘问化为坚持，于最深的黑暗处绽出最美的日出。邓稼先戈壁十年生死两茫茫，于沙漠中绽出最美的蘑菇云，还资本主义一记响亮的耳光；"蛟龙"号深入马里亚纳海沟，创世界之纪录；面对疫情肆虐，国人众志成城，争做最美逆行者，奇迹般建成火神山、雷神山医院，还盛世一个太平！

"少年强则国强"。随着国家之进步，社会之昌盛，孩子们的教育也更上一层楼。从"九年义务教育"到"双减"，无不为了少年们能更好地学习。从父母辈那破烂不堪的逼仄学堂到如今功能完备的现代化学校，无不体现政府对青少年教育的重视与关心。

少年即使在深渊之下，也会踮脚摘光；即使再黑暗，也不言放弃；即使无数次地摔倒在地，无数次地失败，也一定会努力抗争，永不向失败低头。

夏日的风带着阵阵凉意，吹开了暖橙色晚霞，正红的庆祝建党百年的横幅就那么曼舞在夕阳余晖中……

把个人同时代的交汇点写出来，便是一个伟大的故事。流淌着红色血液的我们，更应该铭记并传承红色基因，于时代的浪潮中写下属于自己的惊艳一笔，于九天中揽下星月，卷起疏疏落落的黄昏与散散落落的红尘，缓缓带着银河迎向祖国，奔向远方。

 点 评

开篇采用对仗形式，在比照中拉开追述中国百年变化的序幕，从追溯历史、忆往昔黑暗岁月，再到中华人民共和国成立，时代赋予新的使命……小作者文采斐然，笔触细腻，善用妙喻——或生动活泼，引起共鸣；或深沉含蓄，令人思索。

以风雪沧桑，鉴中华之光
——读《红星照耀中国》有感

◆学校：洪合镇中学　◆作者：林晴榆　◆指导老师：叶明

　　有那么一群人，为了一个时代，为了一个国家，为了一个民族，毅然决然地顶起了那片天，踏上两万五千里征程。为解救中国苦难的百姓，为解放被日本蹂躏的国土，为争得国家民族的长存，他们视死如归，永不言败。

　　翻开这本关于中国近代史的长卷——《红星照耀中国》，一种难以言表的自豪之情涌上心头。在中国共产党这支庞大的队伍中，每个人的身份、性格各不相同，但他们却拥有着共同的理想抱负，他们乐观、勇敢、坚强不屈，他们团结一心，众志成城。中国共产党领导的工农红军不畏艰难，斩关夺隘，闯过一道道艰难险阻，取得一次次胜利。战争结束，革命胜利，当然也离不开广大人民群众的拥护和支持，中国共产党始终与中国人民生死相依、患难与共。

　　在美国记者埃德加·斯诺笔下，党的领导人是那样真实且质朴，平凡又不平凡。毛泽东对当时的世界政治极其熟悉，所提出的世界政治问题连斯诺都无法回答，毫无疑问，他是一位杰出的军事家和政治家。周恩来在见到斯诺时，用一口流利的英语同他交谈，并亲自替他起草了一份旅行计划，让斯诺赞叹不已。他们是为了救国救民而孜孜以求的仁人志士，更是无数投身革命事业的书生的写照。

　　斯诺在中译本《西行漫记》（即《红星照耀中国》）初版的序文里说："从字面上讲起来，这一本书是我写的，这是真的，可是从最实际主义的意义来讲，这些故事却是中国革命青年们所创造的、所写下的。"是呀，中国能够站起来，屹立于东方，是千千万万个中国共产党员，千千万万名爱国者用自己鲜活而亮丽的生命所成就的。

百年芳华,中国青春正茂;青年强则国强,中国的未来需要青春的你我。2021年《开学第一课》中,"时代楷模"拉齐尼·巴依卡的儿女都来到了现场,他们被自己父亲见义勇为、为国守边的精神深深感染。他的女儿想要成为一名救死扶伤的军医,他的儿子则想要成为一名优秀的护边员。理想的种子,已然在他们的心灵深处生根发芽,也在我们的心上悄然生长。

时至今日,《红星照耀中国》仍然闪烁着勇敢、自信、乐观、奉献的光辉,那颗颗红心照耀着我们的心灵,照耀着全中国,也照耀着全世界。青年是社会最鲜活的血液,是时代最激昂的力量,是崭新篇章的书写者,是家国梦想的铸造者,是现在正努力向前的你、我、他。青春是我们的力量,时刻提醒着我们,脚踏实地,勇敢地奔赴未来!

 点 评

本文以"一群伟大的人"引出"一本意义非凡的书",再联系斯诺创作《红星照耀中国》的背景和意义,最后将作品中的内容与现实生活巧妙联系起来,条理清晰,具有层次。

红日耀耀盛中华,乳虎啸谷创青春

◆学校:海盐县实验中学　◆作者:刘叙舟　◆指导老师:叶建娟

"没有共产党就没有新中国,没有共产党就没有新中国……"激越高亢的歌声直上九霄,徜徉在我们心间。在嘹亮的歌声里,我看到1943年,中国共产党正经历着最艰难、最困苦的一段抗战岁月,我看到共产党正遭受日本帝国主义和国民党反动派的双重夹击,我看到无数为革命、为新中国成立而战斗的仁人志士的鲜血在长枪洋炮下洒落一地,但我更看到了无数前仆后继的身影从血光中站起,看到了1921年7月嘉兴南湖的红船之上那响彻云霄的巨人的呐喊,看到了中国共产党带领着中国从破败走向辉煌。

革命成功的路途是艰难险阻,是布满荆棘,是满目疮痍。《红岩》一书就像一个缩影,让我看到革命道路的艰难曲折与饱经风霜,也让我看到革命者们虽知前路万般难、千般险,却仍乐观、勇敢、坚强面对,抛头颅、洒热血,坚定不移地坚持革命道路。这些革命战士被关入白公馆和渣滓洞后,饱受敌人惨绝人寰的折磨,但他们顽强不屈,赤诚向党、向革命,用生命浇灌出了共产党员的理想信念之花。

小萝卜头给我带来了极大的震撼。他出生八个月就跟着母亲入狱,因严重缺乏营养导致发育不良,这才有了"小萝卜头"的称号。因为他年纪小,行动更加自由,因此成了传递消息的一员,在仅有的八个年头的生命中,他为革命事业做出了伟大的贡献。虽然他存在的时间是那么短暂,但他的贡献却是时间无法磨灭、雨水无法冲刷的,是无比伟大而不平凡的。

八岁时我们在做什么呢? 是无忧无虑地玩乐,还是靠在父母的怀抱中安稳睡去? 这样的海晏河清、民康物阜,是伟大的中国共产党所带来的。先辈们以鲜血和生命,以坚定不移的革命信念,带领着中国走上富强昌盛的道路。心怀感恩的同时,我们也要学习他们身上的坚强、坚定,应当毫不动摇地坚持革命的信念。

在亘古绵长的时光中深情地守望,那生命中灿烂如花的烟火。百年华诞,每一份绽放,装饰了大街小巷,装饰了我的心房、我的梦乡。站在历史宏厚宽阔的肩膀上,我看到了那一段历史的波澜壮阔、刻骨铭心。

上海,当年的望志路106号,百年前的1921年7月23日晚上,召开了中国共产党第一次全国代表大会,习爷爷称这里是"中国共产党人的精神家园";江西,1927年10月27日,毛泽东率领工农革命军第一师第一团来到井冈山茨坪,开始为创建井冈山革命根据地而斗争,革命的道路从这里启程;福建,龙岩市上杭县古田镇,白墙青瓦的古田会议会址庄重古朴,"古田会议永放光芒"八个大字熠熠生辉。贵州、甘肃、陕西、河北……祖国的河山遍布着党的足迹,见证着党一步步带领着中国走向富强,昌荣。让星星之火燎原,让中国屹立于东方。

党的精神引领着每一个中国人。在东京奥运会上,我看到了中国奥运健儿们的坚持拼搏,永不言败。奥运会不仅是全世界瞩目的运动盛会,还是一场大考,检测着运动员们的运动水平与精神意志,运动员们面对的是风雨如晦,是伤痛坎坷,但他们所展现的是中国精神,是顽强不屈,是坚持不懈,是不愿向命运低头。2007年出生的全红婵,在这次东京奥运会上大放异彩,夺得了跳水女子单人十米跳台冠军,让世界看到了我们中国年轻一代的力量。正是初长成的阶段,全红婵却已经走上世界舞台,向世界展示中国的气势与力量。中国的举重运动员也让我们倍感自豪,石智勇、李雯雯……当他们不断挑战新高,不断负重前行,不断咬牙坚持,不断奋力向前,我看到那耀眼的光芒,是坚持,是拼搏,是拼命向前,是永不退却。他们都经历风起云涌,都披荆斩棘,却都坚定地朝着信念,朝着目标不断奋斗,不断前行。

杨昌济曾在和毛泽东的谈话中说:"坐而论道容易,找到出路很难。"过程虽然是充满艰辛的,但伟大的党找到了出路,将中国从经济凋敝、社会残破、民不聊生中解放了出来。使南湖碧波上的一叶扁舟,成长为一艘巨轮,驶向波澜壮阔的汪洋。这个初成立时力量微弱的党,在不断的奋斗中撑起了中国的一片天。从"雄关漫道真如铁""人间正道是沧桑"到"长风破浪会有时""东方欲晓,莫道君行早,踏遍青山人未老,风景这边独好",党坚守初心,坚定信念,不动摇,不放弃,在无数的摧残与折磨中屹立不倒,走出了属于自己的全新的道路。

作为后浪的我们,应当不辜负习爷爷的期望,志存高远,脚踏实地,为"实现中

华民族的伟大复兴"的中国梦而放飞青春,奋勇拼搏,既"学如弓弩,才如箭镞",又"苟日新,日日新,又日新"。

"红日初升,其道大光。河出伏流,一泻汪洋。潜龙腾渊,鳞爪飞扬。乳虎啸谷,百兽震惶。"我们用拳拳爱国心,殷殷报国情,养浩然正气,立鸿鹄之志,在党的引领下,以青春之我,创建青春之国家,青春之民族。

 点评

本文由激越高亢的歌声起笔,以小萝卜头为典型代表诠释了红岩精神。接着,小作者一方面以时间为轴,回顾了波澜壮阔的历史;另一方面关注当下,列举了全红婵、石智勇、李雯雯等新时代青年的表现和信念。作品旁征博引,富有文采。

红岩精神铸魂,工匠精神扎根
——读《红岩》有感

◆学校:海盐县理工学校　　◆作者:胡芳婷　　◆指导老师:徐慧

意志在信念和目标中锤炼,思想在时代和向往中前行,人生在不断遭遇挫折和自省中成长,于是学会思考,学会坚持。掀开历史的面纱,一代代人前仆后继,多少豪杰一步一个脚印,用血肉之躯为我们开路。他们如悬崖峭壁上的青松般不屈,向后人传递着永不放弃的精神,诉说着属于中国人的信念。

2021年是中国共产党百年诞辰,一路风雨兼程,终于蝶破茧,鹰冲天,被全世界所看到。在这个特殊时刻,举国欢庆,人们脸上都洋溢着喜悦与自豪,尽情歌唱着对党对祖国的热爱。

穿过一条条小巷,找到了附近一家老书店,一进门,书香气息扑面而来。书架上陈列着一本本红色经典书籍,都是熟悉的影子。其中,一抹红与黑吸引了我——封面上印的是一处红色的悬崖,那红像血,更像火,岩峭上是一棵松,身怀傲骨,不畏艰险,仿佛永远不会倒下。我轻轻呢喃着书名"红岩",手不由自主地拂了上去,像是被某种魔力吸引,我翻开了第一页。

我仿佛进入了书中世界,见到了一个个鲜活、有血肉、不屈服于命运的人物。其中,江姐让我印象最为深刻。作为中国共产党重庆地区的重要人物,她坚守自己的信念,对党的事业和人民保持着绝对的忠诚,即使一次又一次面对惨无人道的严刑拷打与折磨,即使忍受着竹签插入指甲中钻心的痛苦,即使在阴暗潮湿的牢房中遍体鳞伤,依然咬紧牙关毫不动摇,拒不交出情报。她的心中有一团火,一团希望之火,始终熊熊燃烧。在这个故事中,我看到了许多许多人,除了江姐,还有许云峰、双枪老太婆、华子良、胡浩、成岗……在"人间地狱"般的战场,他们进行

着殊死斗争,揭露敌人凶残无度、色厉内荏的本质,为中国凿出一道曙光。

当店员碰了下我的肩膀,我才如梦初醒,抬头一看窗外,不知不觉时间已流逝,夜已经将它那黑亮的羽翼展开。我拿起书,匆匆付了钱,抱着书,伴着星光与周围的灯光,往家中走去。而这一刻,思绪又开始飞扬……

《红岩》是红色小说中的扛鼎之作,甫一问世便影响巨大。在风雨如晦的斗争岁月中,革命志士坚如磐石,绝不屈服,坚守理想信念,这正是红岩精神!在新时代,红岩精神正在各个领域以不同的形式传递着。

红岩精神铸魂,工匠精神扎根。

生活中的我是海盐理工的一名学生。海盐县理工学校是国家级重点职业技术学校,培养了许多优秀的学生。走进校园,到处可见校训:明理,向善,精工。大到教学楼的墙面,小到粉笔盒上,都有这句话的身影,老师也会不断提起并告诉我们要努力,要不断奋进。

学校设有很多专业,比如学前教育、烹饪、美术、机电、汽修、数控……中考后,我选择了学校的学前教育专业。这对我来说是个新的尝试。如今的我就快步入高二,压力也随之越来越大。但没有压力哪来的动力呢?学前教育是一个竞争很激烈的专业,有上千上万的人与我争取那为数不多的名额,除了文化课,还要学舞蹈、素描、声乐课……有些人从小开始练习,已经有一定基础,但也有很多人,包括我,都要从零学起。总有人笑着说:"你们学完以后就全能了吧?"但事实并非如此。入门或许不算难,但要学好学精,则必须要有务实肯干、坚持不懈、精雕细琢的敬业精神。有人会问,苦不苦?我想说,做自己喜欢的事就不怕苦与累。我想,《红岩》中的革命者也是如此,因为向往,因为热爱,才能一往无前,铿锵奋进。

从小,我对幼师就有着巨大的憧憬。我上幼儿园时教我的朱老师是一名党员,现已成为院长,我对她的印象是温柔知性、多才多艺。她与另外一位年轻老师见证了我们儿时的调皮和幼稚,两人共同守护着一帮调皮可爱的孩子慢慢长大。她热爱这份职业,以此为乐,二十年如一日,兢兢业业,认真细心地对待每一个孩子,以真心换真心,像一位努力的园丁灌溉着花朵。她对孩子,对事业,对党,对国家的热爱,不断影响和激励着身边的人。

瀑布之所以能"飞流直下三千尺",是因为它认定一个目标,在不断地碰壁中,找到了最适合自己的道路。个人与时代的发展也是如此,需要不断去探索,但绝不能忘记初心。《红岩》中的革命者,用钢铁般的意志取得了革命的胜利。今天的我们,更应该坚定信念,反省自律,自强不息,脚踏实地,朝着自己的目标前进,为心中最初的梦想而不懈努力。

我,学前教育专业的一株"小幼苗",梦想着成为一棵茁壮成长的"参天大树"。星星之火可以燎原,看似渺小的力量,总有一天也能被人看到。

我想,当风路过窗台边的那一本《红岩》,翻开第一页,一定能看到上面写满的"希望"二字。

 点 评

行文开篇就用一组排比句,把读者带入情境,传达了"中国信念"。小作者的语言颇富感染力,先是"走进一家书店,被《红岩》吸引",接着讲述了书中典型人物的故事,继而过渡到"红岩精神"在新时代的传递。小作者结合自身的学习情况,讲感受,表决心,结尾呼应开头,让读者看到了"希望"。

择其经典或新生,稳树青年之自信
——新旧媒体之用于今日少年

◆学校:海宁市高级中学　◆作者:陈月月　◆指导老师:刘长青

浮云万变,沧海桑田,路山河险,气象万千,她回以宽厚一笑。她曾短暂地颓唐过,却最终长久屹立于世界的东方,不曾倒下。

纵观饱满厚重的二十五史,生在如此一个国家,我无疑是幸运的。

毕竟——历史之中国气派雄浑,华夏之名响彻四海,威震夷狄;昨日之中华困于压迫,觉醒之声穿透颓唐,震慑列强;今日之中国焕然一新,蒸蒸日上,中国之魂立于世界,享誉四方。

而救昨日之中华于危难、雄今日之中国于世界的根本所在,便是正值百年诞辰的中国共产党。而值此关键历史时期,对青少年的教育更不可懈怠。

《觉醒年代》中陈延年说,少年的肩上有清风明月和国家担当,挑起时代的脊梁。党的十八大以来,习近平总书记对新时代青少年提出了殷切的要求,青少年的制度自信、理论自信、文化自信、道路自信势必要建立起来。

文化作为历史的积淀,饱含深厚的哲思。有言曰:"读史可以明鉴,知古可以鉴今。"而中华文化作为"人创造出的文化",具有西方"神创造出的文化"所不具备的恒久温度,也更易于了解和接受。再者,文化作为内涵修养的载体,于民族而言具有无法比拟的力量——一个文化富足的民族,才是真正自强的民族。所以在建党百年之际,文化教育当为青少年教育重中之重。而在如今的大数据时代,信息量多至堪称"爆炸",选择显得格外重要。我认为,旧媒体与新媒体都将在新时代青少年教育中显示出无可替代之功用。

旧媒体,即以广播、电视、报纸、杂志和书籍为主的早期媒体形式——真实度高,专业性强,价值观正,内容精简,思想精深,其中经典之作甚至可跨越浩瀚历史长河,于少年教化之用自不必说。

譬如1949年4月22日夜,新华社发表的题为《人民解放军百万大军横渡长江》的新闻报道,生动再现了"钟山风雨起苍黄,百万雄师过大江"的历史画面,语言精准凝练,暗蕴威势,气势磅礴,浓厚鲜明。而今读来依旧动人心弦,沸人热血,一时之间,竟可叫人嗅到那风中血似酒般浓烈,听到耳边嘶喊兵戈之声吞噬旷野。

这并非个例,又如《心有一团火,温暖众人心》中对张秉贵人物形象的塑造与刻画,对他无私奉献精神的褒扬,依然具有跨越时代的力量。

旧媒体之功用可见一斑。然就旧媒体而言,形式太过古板,乏于变化,出彩太难,故市场虽稳定,年轻受众并不多。如果想要达到培养青少年文化自信之目的,便需要旧媒体自身顺应互联网大数据时代进行一些调整。

首先便是要解放思想,找寻与拥抱新的理念,挣脱传统过时规则的束缚。其二,要提升自身水平,兼容并蓄,同新媒体适度结合。其三,在技术上进行革新,利用互联网与大数据,引领传统媒介走向新时代,推动其成功实现转型。

若将旧媒体比作年老的智者,那新媒体暂且可算作年轻的莽儿——承载信息量大,传播速度快,互动性强,然而信息庞杂,真假掺杂,没有旧媒体"一锤定音"式的稳重,反转颇多,难以分辨。但若加以约束和引导,使其正确引导青少年,影响力必然不小——如2021年6月,人民日报社新媒体中心与中共嘉兴市委宣传部联合主办"百年青春"海报设计大赛,在新媒体的号召下,仅仅三个月,便收到三千余件平面、动态海报投稿作品,另有八十幅业内顶尖设计师的海报邀约作品,将线下画展办得精彩纷呈。

又如2021年5月,袁隆平院士、吴孟超院士双星之逝,微博上成千上万的哀悼与致敬,再一次让普通人认识他们、了解他们、尊敬他们,让他们的精神品格激励更多民众。

可见新媒体于青少年教育的功用的确不小。相较旧媒体,它可在短时间内使得更多的青少年受到正确文化与价值观的熏陶与教育,善用其利,于培养青少年文化自信颇具意义。

这也要求对娱乐圈、短视频平台、直播平台、游戏平台等进行严肃的整顿,彻底扭转近年来隐有苗头的"娱乐至死"的导向,树立文明和谐正能量的新媒体风气,给予经常接触新媒体的青少年们正确的引导。

是故,若欲养今日少年之文化自信,势必既改旧媒又善新媒,取其精华,去其

糟粕,推陈出新,革故鼎新,教化毕,然后见清风明月,负家国担当,贺党之百年诞辰,复可贺后世党之诞辰,中华民族之复兴可期矣!

唯我辈之少年明辨是非,爱党爱国,坚守初心使命,中国方可雄于地球!

 点评

本文的小作者文学功底较为深厚,字里行间对语言具有一定驾驭能力。文章选材特别,围绕"新旧媒体"对青少年的教化之功展开,并加以对照,引经据典,表达了小作者对此的深入思考。文章立意深刻,内容翔实,语言有个性,凸显了青年人的自信心。

乔木亭亭倚盖苍,百年华夏自担当

◆学校:嘉兴市第四高级中学　◆作者:岳俊颖　◆指导老师:沈洁

"志之所趋,无远勿届;穷山距海,不能限也",此为华夏百年逸想;"亦余心之所善兮,虽九死其犹未悔",此为函夏百年坚持;"冀以尘雾之微补益山海,荧烛末光增辉日月",此为赤县百年奉献……此等精神,谓之中国红。

栉风沐雨数十载,蹚过浓墨,越过阴云,江河依旧滚滚东逝。自天地初开的瞬间,就注定诞生的国家——中国,不用华丽的辞藻赞美,无须优美的话语描述,世人自知。

从"旧三民"到"新三民",从方枘圆凿到前呼后拥,从蒙昧无知到思想觉醒。民族危殆之时,嘉兴南湖的红船之上诞生了中国共产党,诞生了民族的希望,红船精神应运而生,中国革命的面貌焕然一新。中国共产党以他坚实可靠之手执起长矛,刺向混沌乱世,踏起铿锵的步伐,在时代的进行曲中,携起民众之手,带领他们奋力向前,铸就百年历史,赢得赤色勋章。

中国的红色精神,百年来代代传承,在时代的洪流中始终闪现光彩。生在这样一个赤色中国,处在这样一个盛世,我等与有荣焉。

我等虽身处盛世中国,但怎敢忘记北大学堂前陈独秀、李大钊的慷慨激昂,怎敢忘记街巷中活跃的五四运动,怎敢忘记十四年抗战的绳锯木断,怎敢忘记"士不可以不弘毅,任重而道远"的谆谆教诲……

百年前的寒冰霜雪与血汗苦累随峥嵘岁月远去,此刻,我们的祖国有青年振六翮,有志士搏九霄,繁荣而富强:改革开放,从小试牛刀到深圳崛起,从平庸渺小到震撼世界;"三步走"战略,从松散到凝聚,从温饱到小康;从"一带一路"到命运

共同体,从神舟飞天、嫦娥登月到北斗导航、5G普及;从资源失衡到西气东输、南水北调……从无到有,从有到优,中国人民在党的带领下不断探索,为中华民族的伟大复兴而奋斗。

爱国,我们有科学家于百废待兴、阴霾依旧时的毅然无私。有孙家栋"耄耋之年未伏枥,犹向苍穹寄深情"的奉献,为中国航天事业奋斗一生;有黄旭华"赫赫无名三十载,乐在惊涛筑重器",在汹涌的海上为祖国架起"钢铁苍龙"……何谓以身许国?青丝化作白发,依旧铁马冰河。

爱国,我们有清官猛将的正直廉洁、贯颐备戟。有张富清"披肝沥胆为人民,清廉无私映初心"的淡泊,高山仰止,景行行止;有李延年"保家卫国护和平,革命传承英雄色"的贡献,这是一位名副其实的战斗英雄……倘若天下安乐,我等愿渔樵耕读;倘若深渊在侧,吾辈当万死以赴——这是他们共同的心声。

爱中国,是中国人的理所应当。愿我等后浪,有上青天揽明月的气势,有挥斥方遒的气魄,有十年饮冰、难凉热血的精神!我们应当继续传承红色精神,接过共产主义接力棒,追寻党的脚步,书写盛世华章。

中国,是"仰喷三山雪,横吞百川水"的鲲鹏,扶摇直上九万里;中国,是"双睛曜宿,六翮垂云"的大鹗,仰首极目观宇宙。他是云,欲飞至穹顶,去探索苍穹的浩渺;他是水,欲奔赴碧海,去扬起壮阔的波澜。中国红,永不褪色;这盛世,如您所愿。

躬逢其盛,与有荣焉。

 点 评

本文小作者的语言极具个性,令读者眼前一亮。"有青年振六翮,有志士搏九霄"等精彩语句的铺排,使文章气势恢宏,富有文采,具有很强的文学性。小作者围绕"躬逢其盛,与有荣焉"的真情实感,让读者感受到满满的中国力量。

那一缕人间烟火中的百年芳华

◆学校:嘉兴市交通学校　◆作者:周双凤　◆指导老师:汤珠勤

周末,我一个人捧着《中国饮食文化》看得津津有味。在《中国饮食文化》中,我看到了中国传统小吃蕴含的深厚文化,想到了中国百年来不断精进的饮食制作技巧。我是面点专业的学生,我喜欢吃包子,在揉捏面团、蒸烤美食中,领略着人间烟火味中的百年芳华。

忆往昔:艰辛

小时候,时常听奶奶讲曾祖母的故事。1949年10月1日,温暖的阳光照在中华大地上,耀眼的五星红旗在天安门广场冉冉升起,中华人民共和国成立了。我的曾祖母小时候就生活在那个年代。中华人民共和国成立初期,人民群众的生活还不太富裕,小吃品种也不多。曾祖母喜欢吃包子,虽然一年中鲜有几次能挎着小竹篮去镇上购买,但是这个喜好伴随了她的一生。后来,等到她年纪大了,走不动了,就让我爷爷去镇上买。有一次正值农忙时节,曾祖母想吃包子,让爷爷临时从地里赶去镇上买,结果碰到下大雨,水泥场上晒着的稻谷全部被雨水冲掉了。爷爷奶奶心疼得直落泪。

奶奶说,曾祖母一生最爱吃的就是包子,但是从未实现过"包子自由",因为那个年代的农村,没有一户人家会做包子,连吃荤菜都得等到年节。

代际更迭,时光飞逝,我们党走过了一百年的辉煌历程,中华人民共和国走过了七十多年的奋斗之路,国家发生了日新月异的变化。曾祖母最爱吃的包子早已

成了寻常人家餐桌上最普通的点心,我也因为自己的喜好选择了面点专业,可以制作各式各样的包子。但我知道,这一切都是来之不易的,我们之所以能拥有如此美好的生活,是一代又一代共产党人用自己的热血换来的。作为新时代青年,我要铭记先辈的奋斗历程,努力学好本领。从曾祖母的包子中,我看到了那一缕人间烟火充满了艰辛。

看今朝:美好

7月1日,习近平总书记在庆祝中国共产党成立100周年大会上讲道:"新时代的中国青年,要以实现中华民族伟大复兴为己任,增强做中国人的志气、骨气、底气。"这句话让我感受深切。我没有经历过曾祖母生活的那个年代,可我现在美好的学习生活,正是伟大的党经过百年的砥砺前行所创造出来的。作为祖国的花朵,年轻的一代要肩负起实现中华民族伟大复兴的大任,永远跟党走,努力成长为能为下一个百年奋斗目标做出贡献的优秀青年人。

现在的我虽然稚嫩,但看到天安门广场上的青年大声地说出"请党放心,强国有我"的时候,我同样热血沸腾。作为中国青年,我许下誓言:只要国家需要我,我会随时奉献自己的力量。三年的中职生涯里,我会努力学习科学文化知识,学好专业知识,用自己的双手制作出精致可口的面点。去年下半年,我参加了嘉兴市的技能比赛,通过刻苦学习,加上赛前日复一日的训练,我的技术突飞猛进,制作的作品得到了评委的一致好评,获得了奖项,这是对我努力的最大肯定。从我制作的面点中,我看到那一缕人间烟火充满了美好。

展未来:自信

心怀鸿鹄之志,追寻星辰大海,我会脚踏实地展望美好的未来。我现在还不是一名光荣的共青团员,或许是我在思想上还不够进步,或许是我在学习上还不够努力,但我会以此为动力,在未来日子里努力学习科学文化和党史知识,提升思想觉悟,不断向团向党靠近。

我学的是面点专业,这个专业最需要的就是工匠精神,它需要在制作中坚守精益求精的态度。我会向革命先辈学习,学习他们的坚定,学习他们的奉献;我会向面点大师学习,学习他们的专注,学习他们的认真……我会把他们的精神运用到学习与工作中,向先辈看齐,向大师看齐,从而在未来的面点界争得自己的一席之地。

我知道现在我国很多中职学生在世界技能大赛中获奖,他们站在世界领奖台上,向全世界展示大国的风采、大国的技术。我想我们面点专业也能做到,总有一天我也可以利用专业技术为国争光。在我的憧憬中,我看到了那一缕人间烟火中充满了自信。

往昔、今朝、未来,那一缕人间烟火串起了几代人的生活、几代人的奋斗、几代人的奉献,串起了百年的芳华,其间有艰辛,更有美好与自信。我们会接过前辈的接力棒,用工匠精神对待自己的学习和工作,请相信每一位未来的"面点工匠"都是伟大复兴梦中的扬帆者!

 点评

本文结构精巧,围绕"忆往昔:艰辛""看今朝:美好""展未来:自信"三个小标题,并列推进,使得行文脉络清晰。曾祖母喜欢吃包子,而如今的我在学习面点,围绕这一线索,将小作者内心的真挚感情体现得淋漓尽致,让读者领略到人间烟火中的百年芳华。小作者对工匠精神的向往,传达出强烈的自信心,可圈可点。

我仰望星空,那里红星闪耀
——读《红星照耀中国》一书有感

◆学校:嘉兴技师学院　◆作者:董昱　◆指导老师:孔晨晟

还记得7月1日那一天,我早早地起床,匆匆忙忙扒拉了两口早饭,搬了个藤椅坐在电视机前。我在等待8点,等待着见证历史——庆祝中国共产党成立100周年大会即将开始。当五星红旗升起的那一刻,国歌奏响,我心中突然燃起了一种奇怪的感情,一种发自内心的战栗让我绷直了身体。后来我问老师,老师告诉我,那是一种发自内心的爱国情怀。于是,怀揣着激荡的情感,我在假期阅读了埃德加·斯诺的《红星照耀中国》。

初读,我感受到的是一个记者以最真实的视角展现了1936年我国西北革命根据地的生活,报道了那些工农红军战士以及红军将领们最真实的一面。没有我所期待的宏伟篇章,也并非我所想象的那般字字泣血,斯诺先生的文字朴实无华,记载了一个个真实的故事。全书共计十二章,娓娓道来他本人的所见所闻以及他的感受。在故事的第二章中,我跟随着斯诺先生见到了周恩来总理,彼时的周总理个子清瘦,中等身材;在第三章,我遇见了风趣幽默又略带憨厚的毛泽东主席和彭德怀司令;在第十章,我见到了年龄与我相仿的红军小战士们;而在最后的第十二章,西安事变如同电影画面般一帧一帧从我眼前滑过。

这本书对我而言有些难读,我仿佛囫囵吞枣一般,穿越了那些炮火声中的历史。合上书本,我的脑海里浮现的是两个字——信念。

是的,信念。

年轻的毛泽东在千难万险中披荆斩棘,用烈火一般的热情、钢铁一般的意志秉持初心,砥砺前行。

是的,正是信念。

渡大渡河、过大草地、翻大雪山,长征途中那些勇敢的战士们所展现出来的坚韧深深地触动了我的心。斯诺先生是如此描述的:"冒险、探索、发现、勇气和胆怯、胜利和狂喜、艰难困苦、英勇牺牲、忠心耿耿,这些千千万万青年人的经久不衰的热情,始终如一的希望,令人惊诧的革命乐观情绪,像一把火焰,贯穿着这一切,他们无论在人力面前,或者在大自然面前,上帝面前,死亡面前,都绝不承认失败。"我认为,斯诺先生所描绘的革命乐观精神正是千万共产党人的信念。

曾经的领袖们、战士们用他们的一生谱写了中华民族的宏伟战歌。正是他们坚持着信念,历史才给了我们足够的选择,让我们过上了幸福的生活。我很幸运生于这个时代,我也很骄傲生于这个时代。历史的接力棒将传入我们的手中,革命的航船依然在破浪前行。我们青年学子当坚守信念,沐浴在革命先辈们的光辉下,为建设繁荣昌盛的中国而奋力拼搏。

历史驻足于书本,信念长存于心中。

当我抬起头仰望天空时,星光闪烁,那里红星闪耀。

 点评

斯诺先生用朴实无华的语言,真实客观地再现了当时特殊的历史,《红星照耀中国》这本书的历史价值不可估量。"当五星红旗升起的那一刻……一种发自内心的战栗让我绷直了身体……老师告诉我,那是一种发自内心的爱国情怀",质朴见真情,信念显真意,这是本文带给读者的最强烈的感受。

愿将此身许天山,引得春风度玉关

◆学校:桐乡第一中学　◆作者:冯一宸　◆指导老师:杨琼

2021年,正值中国共产党一百周年华诞。一百载风雨洗礼,一百载峥嵘岁月,我们的国家在波澜壮阔的历史进程中不断壮大,其间,我国平等团结互助和谐的民族关系功不可没!

对口援疆,共同富裕

在共同富裕目标的指引下,习近平总书记曾指出:"东西部扶贫协作和对口支援,是推动区域协调发展、协同发展、共同发展的大战略,是加强区域合作、优化产业布局、拓展对内对外开放新空间的大布局,是实现先富帮后富、最终实现共同富裕目标的大举措。必须认清形势、聚焦精准、深化帮扶、确保实效,切实提高工作水平,全面打赢脱贫攻坚战。"党的十八大以来,以习近平同志为核心的党中央坚持从战略全局高度谋划新疆工作。习近平总书记还在第三次中央新疆工作座谈会上强调,"要完整准确贯彻新时代党的治疆方略,牢牢扭住新疆工作总目标,依法治疆,团结稳疆,文化润疆,富民兴疆,长期建疆,以推进治理体系和治理能力现代化为保障,多谋长远之策,多行固本之举,努力建设团结和谐、繁荣富裕、文明进步、安居乐业、生态良好的新时代中国特色社会主义新疆"。我的家乡是湖州,它也正在执行着这一伟大的任务,新疆维吾尔自治区的柯坪县,便是它的援助对象。

来的时候是一粒种子,离别的时候要满园硕果

"来的时候是一粒种子,离别的时候要满园硕果。"这是湖州早期援疆同志黄群超说的话,他也真正这样做了。

黄群超同志是一名先进的共产党员,他把党对新疆各族群众的关怀时刻记在心里,把党的援疆战略视为责任扛在肩上,把援疆人的大爱撒播在红沙河畔。他为柯坪的社会稳定和长治久安积极奔走,他用脚步丈量柯坪的山山水水,走过田间地头,常坐百姓炕头……在担任指挥长期间,他组织实施援疆项目37个,项目投入资金约1.6亿元,涵盖产业就业、教育人才、基层基础、文化交流等多方面,有效助推了柯坪县的社会稳定和长治久安。他将自己的一生挥洒在了这一片热土上,他用生命树起了一座丰碑。

此时,无数的身影在我脑海里划过:"心中装着全体人民,唯独没有他自己"的县委书记焦裕禄;把一腔热血洒在西藏的孔繁森;心有大我的国际知名战略科学家、著名地球物理学家黄大年;六十年深藏功与名,一辈子践行初心的老英雄张富清;"只要还有一口气,就要站在讲台上"的张桂梅……我想,中国正是有无数这样舍小家为大家、为祖国建设事业奉献自己的英雄们,我们才能生在红旗下,长在春风里,才能目光所至皆为华夏,五星闪耀皆为信仰!何其有幸,生于华夏,见证百年,愿山河无恙,祖国繁荣昌盛!

无悔援疆路,绵绵天山情

我的母亲是众多援疆同志中的一员。2021年9月4日,她远离亲人,远离家乡,载着梦想,怀揣热情,从东海之滨到西部边陲,从诗情画意的江南水乡南浔去往茫茫的大漠戈壁柯坪,开启了她为期一年半的援疆之旅。

犹记得她刚到的那日,我与她通电话,她说,当她下车来到国庆中学,湖州市援疆指挥部和柯坪县相关领导为他们的到来举行了热烈的欢迎仪式。当领导师生们对他们鼓掌欢迎时,当热情奔放的麦西来普旋律在他们耳边响起时,当维吾尔族漂亮的姑娘们、年轻帅气的小伙们舞动着曼妙的身姿时,当手捧鲜花站在国庆中学大门口合影留念时,她感受到了无比的自豪和光荣。她说,这或许就是援疆给予她的价值感。人的一生很长,总要有些随风,有些入梦,有些长留心中。她

相信,援疆,将是她一生中最好的选择,它必将成为她的人生中最美丽的风景,她期待着这一段岁月,这一份荣光,这一种别样的人生。

我想,我们也应有这样的责任感与使命感,以青春之我,创建青春之家庭,青春之国家,青春之民族,青春之人类,青春之地球,青春之宇宙,资以乐其无涯之生!

问少年心事,眼底未名水,胸中黄河月

而今,在祖国的大力扶持下,新疆的发展愈来愈好,各民族之间也愈来愈团结!南湖红船边,回首是少年,百年正风华,奋斗谱新篇!岁月不老,青春不朽;生逢其时,重任在肩。让我们在祖国的万里长空放飞青春理想,在复兴的壮阔征程激扬青春力量,以青春之我,奋斗之我,走好自己的人生路,为实现中华民族伟大复兴的中国梦贡献青春和力量!

 点评

本文是一篇特殊的"红色经典阅读"文章,因为小作者以第一人称"我"的视角,真实地再现了援疆干部包括自己母亲的平凡而伟大的事迹,富有感染力。行文构思严谨,以四个小标题的形式统领文章主体,感情真挚,内容较为丰富。

"红"色岩石,矢志不渝

◆学校:嘉兴技师学院　◆作者:许沈煜　◆指导老师:顾颖娴

说到现在"国泰民安,繁荣昌盛"的中国,就不得不谈起中国共产党。"没有共产党就没有新中国",这话说得一点儿没错。中国共产党领导人民建立新中国,并带领人民实现了从站起来、富起来到强起来的伟大飞跃。2021年,中国共产党成立100周年,7月1日,习近平总书记发表重要讲话,其中讲到深切怀念革命先烈,铭记其崇高精神,不由得让我想起曾读过的《红岩》一书。

《红岩》是依据真实历史故事编写而成,描绘了一群革命志士在重庆解放前夕,虽身处敌人监狱,但仍坚持真理、坚定理想、不怕牺牲、敢于斗争的感人事迹。这本书中我最喜欢的人物是许云峰,他是中共地下党组织的领导者,在他身上集中展现出无产阶级革命者的才干、品质和气魄。书中写到"他一到沙坪书店,发现书店有两个来历不明的人,立刻意识到危险就在眼前,于是当机立断,撤销联络站,转移人员,掩护革命同志,一切处理的有条不紊。"从中可以看出许云峰是一个敏锐、勇敢、成熟、机智的地下党领导者。同时,他还具有压倒任何敌人而不被敌人压倒的大无畏气概和勇于献身的崇高精神。在狱中,许云峰依然敢于且善于开展斗争活动,他与反动派徐鹏飞多次进行激烈较量,但都没有屈服于反动派的威逼利诱。他凭借顽强的毅力,挖通监狱通向狱外的洞口,并把它留给战友,而自己则带着必胜的信念从容就义。

《红岩》的"红"是革命红,"岩"则为岩石,比喻革命者矢志不渝,拯救中国的决心。全书表现了以许云峰为代表的革命者为实现全国解放,歼灭敌人一切有生力量而进行的殊死拼搏,真实再现了全国解放前夕光明与黑暗的最后较量,揭露了

敌人垂死挣扎时的凶残极恶和厚颜无耻的本质,歌颂了革命志士为理想而斗争的坚强意志和大无畏精神。新中国的建立,离不开像许云峰一样的无数革命志士抛头颅、洒热血的无畏牺牲,离不开他们对理想、信念的奋斗与坚守,离不开他们艰苦而伟大的斗争,在此,庄严地向老一辈革命志士致以崇高的敬意。

《红岩》中的人物身上展现出来的面对革命理想时的矢志不渝、勇敢奋斗,构成鲜明的红岩精神特色,在革命年代对于革命的最终胜利形成重要支撑。红岩精神在社会主义建设、改革时期以及新时代依然发挥重要价值,一代代共产党人都为理想而不懈奋斗,为胜利而敢于牺牲。面对从2019年年末持续至今的新冠肺炎疫情,中国共产党领导全国人民开展疫情防控,从中涌现出许许多多可歌可泣的感人事迹。特别是医护工作人员,他们没有退缩,迎难而上,始终将人民群众的生命安全放在第一位,为了赢得抗疫胜利,始终奋战在抗疫一线,他们是为理想奋斗的天使,也是红岩精神在新时代的生动体现。我相信,在中国共产党的正确领导下,在全国人民的持续奋斗下,疫情防控一定会取得最终胜利。

习总书记在讲话中讲到,"中华民族正以不可阻挡的步伐迈向伟大复兴"。作为一名生长在红船旁的新时代青年,要牢记历史,学习老一辈革命志士的无畏精神,发扬坚定理想、百折不挠的奋斗精神,为实现中华民族伟大复兴而奋斗不息。

 点 评

本文小作者掌控语言的能力还是可圈可点的。行文多用长句,气势如虹,通过改编历史人物的故事,讲述了"红岩精神",表达了革命者矢志钤渝、拯救中国的决心。文章最后联系现实,表达自己愿"为实现中华民族伟大复兴而奋斗不息",令人振奋。

重视疫情，珍爱生命
——《白雪乌鸦》读后感

◆学校:元济高级中学　◆作者:何妍　◆指导老师:曹林祥

　　迟子建所写的《白雪乌鸦》，是一部关于1910年暴发的哈尔滨大鼠疫的长篇小说。在这一场疫病当中，东北大地上共有六万多人丧命，其中哈尔滨傅家甸是鼠疫重地，当地有四分之一的百姓就此长别于世。

　　作者用她沉静而饱满的叙述，通过一章一章的故事内容，介绍了许多人物角色，并慢慢地将他们串联起来——这写法与《水浒传》有点相似，塑造了一个完整的傅家甸。与此同时，她也阐述了整场鼠疫发生前、发生时、发生后的故事。

　　傅家甸的鼠疫以满洲商人巴音的咳嗽开始。他以卖旱獭皮毛为生，在一次入住"三铺炕"客栈后，开始将鼠疫传播开来。他在街道上暴毙后，与他有过多次亲密接触的吴芬也染上了鼠疫，随后越来越多的人开始染病。虽然抗疫过程中出现过挫折，但最后在华侨医生伍连德、马车夫王春申、商人傅百川等人的共同努力下，鼠疫最终被战胜了。

　　这部小说让我不禁想到始于2019年年末的新冠肺炎疫情。令人惊奇的是，这本小说中所写的控制疫情的手段还有人们的各种反应，都与新冠肺炎疫情期间极为相似。

　　当时，刚接手傅家甸疫情控制的伍连德医生立刻采取了封闭、隔离、戴口罩、消毒等措施，还将傅家甸划分为四个不同颜色的区块，以方便警察和士兵进行管理。这与我们目前抗疫的措施没有本质上的差异。他还经过分析得出，因为东北地区过冷，较少出现跳蚤，所以当时的傅家甸鼠疫极大概率是通过呼吸道进行传播的。他的这能力堪比现在的钟南山等权威医生了。但或许是因为时值晚清吧，

百姓仍无法完全相信科学,既不戴口罩,也不愿消毒。信仰佛教而且穷困潦倒的人们,甚至觉得这一辈子受病痛折磨着死去,下一辈子就可以拥有美好的生活。

在灾难面前,人性便会暴露出来。卖粮食的纪永和认为鼠疫暴发后,人们都会缺粮食,到时候,他粮仓内的稻米、大豆、玉米就都如同白花花的银子一般。他就能发财啦!于是,他疯狂进购大豆,但却最终染上鼠疫,死不瞑目。大部分商人也抬高物价,妄图发国难财,而傅百川却联合商会抑制住物价的飙升,并且让自己酒馆的工人们义务烧中药,还提供地方制作口罩。王春申冒着被传染的风险,驾驶着马车,加入了风险极高的抬棺队。金兰虽然作为王春申的妻子并不很称职,但身为继宝的母亲,她在继宝被抬进隔离鼠疫患者的医院后,担心没人照顾儿子,便整理了行囊前去,只是两人最终都没能回来。

而在这次新冠肺炎疫情中,也有像小说中的纪永和一样贪国难财的人,也有像傅百川一样积极捐款捐物的行善者,也有像王春申一样的逆行者,当然也有像金兰一样愿意献出生命去保护孩子的母亲。

即使有一些捣乱的人存在,善良、舍己为人的人们依然会依靠着自己坚定的意志、微薄的力量、团结的民族精神去对抗疫病,去对抗死亡。人们所营造出的温暖的氛围打败了对疫病的恐惧。他们都很温柔,风里来雨里去,却仍记得给别人撑伞。

每个人的生命都是无价的,面对疫情,我们应当团结起来,做如同小说主人公一样温柔善良的人,做好防护工作,习惯疫情的常态化。让我们一起期待疫情被击退的那一天,那一天的夜晚必定是漫天星海。

 点 评

2010年,迟子建凭借《白雪乌鸦》获得人民文学奖长篇小说奖。本文语言精练,构思精巧,在讲述"鼠疫"的故事中,小作者能够联系当前发生的疫情,拓展思路,纵向类比,并对"人性"做深层次的剖析,实在可贵。

世纪少年,星河征途

◆学校:海宁市高级中学 ◆作者:曹嘉璐 ◆指导老师:刘长青

世纪年轮悠转,征途星河璀璨。

——题记

我与这位世纪少年目光交汇,少年眼眸清澈,仿若在诉说一段律动的历史。这段历史,是开天辟地,是鲜衣怒马,是未来可期!

少年在嘉兴的怀抱中诞生。蒙蒙烟雨江南如画,悠悠红船开天辟地。红船在嘉兴南湖上微晃,中共一大的代表们在这艘小船里严肃地讨论着。他们的眼里闪烁着坚定的光芒,他们在内心中一遍又一遍地呼唤着少年的诞生。少年流淌着中华民族的血液,背负着中国历史的使命,在这里,他被赋予了最动听、最深情的名字——"中国共产党"。与会代表们怀着激动的心情继续讨论着。在这个开天辟地的时刻,少年初步找到了自己前行的方向——党的第一个纲领和第一个决议。在时代的呼唤下,我看到,少年毅然向着信仰奔赴!

少年在征途中鲜衣怒马,不问归期。他的足迹遍布中国大地,贯通百年历史。在绝地反击的战争年代,他象征着希望与和平,土地革命战争、抗日战争、解放战争,是他在战场上的丰功伟绩;在筚路蓝缕的革命建设年代,他是步伐坚定的引路人,社会主义改造、社会主义建设,是他在逐梦路上的里程碑;在逆风翻盘的改革开放阶段,他象征着崭新征程的启航,他与人民紧紧相拥,共同书写中国特色社会主义的辉煌!

少年的精神在嘉兴这片土地上深深扎根。我回看历史长河,聆听先辈教诲。

　　拥有八十一年党龄的沈如淙老先生的经历,仿若一个时代的缩影。在那昏暗纷乱的战争时期,沈如淙紧紧追随少年的步伐,与他同呼吸、共患难。在飞扬的尘土中,在滚烫的鲜血中,他已经与少年融为一体。在沙家浜小学简陋的教室里,他目光如炬,他的话语和笔尖点亮了学生们内心的灯;在地下党组织中,他神情严肃,伏案深思,进行着关键抉择。当时的嘉兴,还没有被革命的烈火点燃。沈如淙在这片被阴云笼罩的土地上发出呐喊,他撕开丑恶与黑暗,让阳光破云而出!终于,嘉兴接过革命的火炬,在时代的接力中飞奔向前。

　　我仿若来到了沈老先生面前,凝视着他历经沧桑、纯粹干净的眼睛。此刻他不似一位百岁老人,而是一位意气风发的少年。"我们永远跟着党走,一百年,两百年,一直跟下去,千秋伟业是奋斗创造出来的。"他说着,手指激动得微颤,眼角噙着坚定的泪光。我在他身上,读出了世纪少年应有的精神。这份精神,是不忘初心,是牢记使命!

　　世纪少年的品质,在嘉兴演绎着进行时。"开放嘉兴"致力于更高水平的开放,坚持"接轨上海扩大开放、滨海开发、新型工业化、城乡一体化、科教兴市、和谐发展"这六大战略。嘉兴传承党的精神,为世纪少年的奔跑助力。

　　世纪少年已走过了百年历史,但在他的胸腔中始终装着一个自强不息、朝气蓬勃的灵魂!历史洪流滚滚涌动,征途似海未来可期!少年怀着红色的信仰,迎着光奔向远方。在远方,我坚信,少年将会披荆斩棘、逐风前行!

 点 评

　　本文另辟蹊径,构思新颖。以第一人称"我",讲述了少年——中国共产党的传奇故事,真实可感,引人入胜。仿若一个时代的缩影——拥有八十一年党龄的沈如淙老先生的经历,更是把读者带入了那样一段峥嵘岁月之中。行文最后"少年怀着红色的信仰,迎着光奔向远方",彰显中国力量。

逆风行舟　心系苍生
——读《杜甫传》有感

◆学校：嘉善县第一中学　　◆作者：杨致南　　◆指导老师：杨净宇

"李杜文章在，光焰万丈长。"杜甫作为爱国诗人，不惧"茅庐独破"，而心怀"天下寒士"，他的一生诠释了对国家的热爱，对人民的同情。

杜甫一生颠沛流离，居无定所，却始终心系百姓的困苦，关心国家的前途。作为年轻人，我们也许会偏爱李白"大鹏一日同风起，扶摇直上九万里"的豪迈洒脱，或与余光中先生一道体悟"月光还是少年的月光，九州一色还是李白的霜"的浪漫飘逸。然而，谁没有过年轻的时候呢，杜甫也曾才思倾泻，提笔立就；他也曾登临泰山，赞美"造化钟神秀，阴阳割昏晓"的奇景；他也曾朝气蓬勃，抒发"会当凌绝顶，一览众山小"的豪情；他也曾是李白的热情粉丝，和李白"痛饮狂歌空度日"，却道"飞扬跋扈为谁雄"？

长安月冷，一纸凉薄。杜甫之所以忧国忧民，是因为他身上背负的责任。作为一位爱国诗人，看着百姓流离失所，看着国家腐败衰落，拯救百姓、复兴国家的责任感油然而生。正是这份责任，让杜甫用"朱门酒肉臭，路有冻死骨"来批判朝廷奢靡；正是这份责任，让他用"白水暮东流，青山犹哭声"来反映百姓疾苦；正是这份责任，让他在国破时"白头搔更短，浑欲不胜簪"。这一切都说明杜甫对国家充满了热爱和责任，正是这份家国情怀让他心系苍生，逆风前行。他的家国情怀，成为他诗歌的催化剂，促使他写下无数感人至深的爱国名篇；他的家国情怀，使他在国破时挺身而出，以笔为刃来拯救国家，痛诉百姓遭遇；他的家国情怀，铸就了他伟大的人格，让他万古流芳，永远为世人铭记。如果说李白抵达了一座浪漫豪迈的高峰，那么杜甫则用他沉郁顿挫的诗风以及忧国忧民的家国情怀，成为一面

闪耀的时代之镜。他的诗文质俱佳,令人景仰。

放眼中华五千年文明史,爱国爱民的诗人层出不穷,数不胜数。岳飞率军北上收复失地,发出了"驾长车,踏破贺兰山缺"的豪言壮语;陆游重病卧床,临死仍不忘嘱托"王师北定中原日,家祭无忘告乃翁";文天祥被捕入狱,宁死不屈,立志"人生自古谁无死,留取丹心照汗青";谭嗣同在戊戌变法失败后,仍英勇无畏,写下"我自横刀向天笑,去留肝胆两昆仑"……家国情怀成为他们逆风前行的动力,激励他们为国家抛头颅洒热血,激励他们留下光焰四射的优秀文章,留下催人泪下的光辉事迹。

忧国忧民、暮气沉沉的背后是一个时代的黑暗与苦难,内心深处的鲜活年少与春光闪烁让他用尽一生走向春天,怀着"齐鲁青未了"的理想,在没有光的时代成为光,在逆风中掌舵,在黑暗的时代中成为中流砥柱,在混乱的国家中担当起救国大任,在流离的环境中呐喊出百姓疾苦,驻住了无数次的日落,将心中的家国情怀化为永恒的暖阳。

本文以流畅且富有诗意的语言描绘了杜甫"逆风行舟,心系苍生"的一生,文章自始至终充满着对杜甫忧国忧民品质的崇敬与赞美,情感真挚,感人肺腑。

起起落落的人生,曲曲折折的情感
——读《杜甫传》有感

◆学校:嘉兴南湖国际实验中学　◆作者:奕倪铭浩　◆指导老师:倪丽

人生的起起落落挥没于笔墨之间,情感的曲曲折折隐没在山河之变。杜甫,这位生于权贵与民意之间的唐朝诗人,便有着这样的一生。

他出身富贵,幼年丧母。他好游山玩水,游吴越,闯齐赵,看过千山万水,踏过山峦穹庐。他捧着自己年少未尽的炽热之心,让整个中原大地散发出少年般的蓬勃朝气——这只是他人生中美好的凤毛麟角而已。杜甫不久后便在洛阳遇见李白,两人互鉴互学,亦师亦友,最后分道扬镳,依依不舍。之后的之后,杜甫曾言:"何时一樽酒,重与细论文?"只可惜这只是未竟之梦罢了。

三十五岁之后,他虽然做上了官,却如同雨中朦胧的影子,时隐时现,固守长安十年,便晓苍生之苦,但他浑然不觉这"正入万山圈子里"的官场,让他走向了"一山放出一山拦"的险峻之路。果不其然,他因被贼人陷害而流亡于尘世,深知苍生苦楚,只愿荡涤四方。他身在他乡,心在故地。安史之乱爆发,他离长安千里,却似置身长安,恍然目睹那里刀光剑影,血流成河。杜甫投奔唐肃宗,欲为新君竭尽毕生才能,却怎料落于叛军之手,虽后来被任命为高官,又似身陷囹圄。站在小丘上眺望无人赏玩的花朵,潸然泪下,无人聆听的鸟的歌喉,如同那王朝覆灭的哀歌般惊心动魄,只有长安城寂寞如斯,已是凋零季节,已是衰朽残年。

朋友的帮助使杜甫脱离苦海,从叛军营中逃脱,他携妻儿老小一同去成都避难。虽有安身之所,但却依旧艰难。一个中年男子倚靠在被蛀虫光临过的坑坑洼洼的座椅上,散开的头发泛着银光,那黑丝便是他不屈灵魂的倒计时,也快沦陷了。满脸疮痍,满脸疲惫,满脸恍惚,眼中却带有希望,常有的,不像太阳的沉沦,

不像金叶的凋零,不像晚霞的消散,如此真挚而自然,是他的愿望吗?当余晖的最后一抹划向他那饱经风霜的脸,他又会想起什么呢?后来的后来,他再度流亡,再度做了官,在幕府生活过,却又因不习风俗,回到了草堂,不久便死了。一代诗圣坠于星辰,但永驻于人们的心间。

在杜甫的人生中,起落已是常事。与他遥相感应的苏轼曾写道,"人有悲欢离合,月有阴晴圆缺",人的一生不会像没有折痕的纸张一样平整,而是会有,也必定会有波涛汹涌的千丈浪一样的曲折。命运拧着杜甫的生活,一片一片散落在时空的坐标里,但却永远无法击碎他的灵魂。从年少的欢乐,到中年的悲伤,再到年迈的沧桑,支撑他经历这些的是什么?那便是对穷苦百姓的同情,对战争的厌恶,对战乱平息、国家安定的希望,尽在"宿鸟念本枝,安辞且穷栖",尽在"眼枯即见骨,天地终无情",尽在"弃绝蓬室居,塌然摧肺肝"。这正是人民生活苦不堪言的悲哀。年少时游山玩水见证了祖国山河之美,而这战争中一幕幕惊心动魄的惨剧怎能不引起杜甫的悲恨与愤懑!世事难料啊!失爱子,居草堂,处悲凉,怎不使人沧桑?是谁在荒芜里抖落华美,是谁在悲叹中抖落不屈?是你呀,杜甫!

起落的人生,曲折的情感,始终没有改变他对祖国炽烈而深沉的爱,以及他对祖国统一、人民安居乐业的憧憬。杜甫就是这样的人,不管在金碧辉煌的殿堂上,还是在荒无人烟的小道上,抑或在风吹雨打的茅屋中,他都坚守着自己赤忱的初心,直至永恒的永恒,直至不朽。总有人无法理解你的执着,总有人在看到你花瓣上的瑕疵后,便转身而去。而你呀,抖落了全部破碎的灵魂,真的只能留下一丝叹息吗?不!后人已将残破的棱镜拼凑,折射出你的璀璨光芒,仿若黎明的晨曦。在吟咏你的诗歌时,似感受到了你撕心裂肺的呐喊,也愿为你分忧解难。故有革命中的激昂、抗日中的不屈,故有新中国的成立、人民的安居乐业,故有街上的欢声笑语、室中的琅琅书声。这不仅是你的愿望,也是历史长河中每一位有志之士的愿望,而今都一一实现。国泰民安,是中华民族的智慧与抗争凝聚的巨人之力铸就的——过去是,现在亦是!

我们共同的国家,杜甫,你可知她和你的人生一样,曾繁荣过,也曾衰败过,甚至沦陷过,命途多舛。但她永不被打败,岁月的流逝不会让她变得憔悴,反而让她变得更加精神——这便是人民的力量。而你的愿望,也是人民所追求的,即永恒。杜甫啊,请你放下那一缕思念、一抹愁云、一丝遗憾,不用担心,请安心眠于地下。不管前方的道路有多崎岖,有多坎坷,我们将携着你的梦以及悠远历史河流中的每一个梦,砥砺前行。

睡吧，睡吧，你的愿望由我们传承，我们将咏赞你的诗歌，穿梭在这城中森林，蒸蒸日上，欣欣向荣，在未来无限美好的日子中，为自己的国家分忧解难，为这个社会沥尽心血！

睡吧，睡吧，愿望终实现，征程将开始。请安歇，你的不朽灵魂。

 点 评

本文文采斐然，行文流畅，一气呵成，似在与杜甫对话，将家国命运与杜甫的人生经历相结合，抒发对杜甫的真切怀念以及对其勇担家国使命的感佩。

苦痛铸就卓越
——读《杜甫传》有感

◆学校：浙江师范大学附属秀洲实验学校　◆作者：张玉磊　◆指导老师：毛孝荣

人生于他，竟只如一场秋凉。

读《杜甫传》，是读杜甫的一生，读一段令人心痛的历史，亦是一场文化之旅。他仕途坎坷，沉沦人海，他悲痛于朝代的没落、人民的艰苦。诗圣用纸笔，道出世间悲苦，在饱受命运折辱时，仍系天下于心：他遭风雨时，写"大庇天下寒士俱欢颜"；描绘战争时，道"国破山河在"；写百姓疾苦时，说"白水暮东流，青山犹哭声"。有人评价杜甫是"唐代最伟大的诗人"，我想，这不仅是因为杜甫的文笔不凡，更是因为那被称作"诗史"的篇篇佳作所带给世人的属于时代的辛酸。

杜甫在不惑之年漂泊长安，父亲去世，家中失去了顶梁柱，而他一天比一天穷困潦倒。时李林甫任宰相，闭塞言路，排斥贤才，致使唐朝加速衰亡。杜甫多次考进士而不中，便是李林甫暗中作祟。杜甫只好就任小官。嗟乎，在安史之乱前夕，杜甫的小儿子因饥而死。然而来不及悼念，就要仓皇躲避战乱，杜甫从此开始了流离失所的生活。

病痛交加，生死两隔，祸乱交兴，十米九糠。杜甫痛心疾首，安史之乱对他是精神与身体的加倍打击，然而他即使在连自身都难保的境地，还无时无刻不关心着国家危亡，连写几篇文章为剿灭叛军、安抚百姓献策。他从未将自己与国家与百姓分离：吃着残羹，想着百姓饥饿；衣着单薄，担忧黎民寒冷；未处高官，可依旧谋其政；箪食瓢饮，却决心兼济天下。

后来杜甫回洛阳探亲，一路上看到战火连绵，百姓遭受着无穷苦难，士兵们前仆后继，他感慨万千，奋笔创作六篇不朽史诗——"三吏"和"三别"，一字一句，无不流露出愤懑、痛楚,冲击着读者的内心。

这是为百姓写的诗史,一横一竖,将底层人民的不堪表现得淋漓尽致。之所以如此触人心弦,是因为他见证过、经历过、感怀过多少悲痛欲绝的时刻啊。他挥泪,将所有的思绪和哀愁凝聚,汇在指尖,又铺满纸张。

几番辗转,一次次涕泪满襟,杜甫逐渐厌倦了四处漂泊。或许,他也意识到自己全身疾病,年老体衰,命不久矣。他怀念过往,愿落叶归根。盛唐之景依稀浮现脑海,那是黑暗中的幻光,照着的是家的方向。这位老人,乘舟出行,战乱纷纷,路途漫漫,困难重重。他数次出发,却仍被困于潭州,直至大历五年的那个冬天,杜甫在小舟上逝世,灵魂伴着风雪,飘散。他写的那难以辨认的字里,似乎,有着"国"和"家"。

杜甫一生终了,如果要说他到底给世人留下了什么,他好像没有一番政绩,也没有像孔子一样领悟什么道理。匆忙一生,很少有舞台任他发挥,他也没有能力改变什么,郁郁不得志。国家、人民的苦楚,他毫不犹豫地写在诗里,迸发出无限忧思。同时,他也写下自己看到的时代的残酷与真相,以劝勉他人勿纸醉金迷、谄媚迂腐、妄为自大,否则必然带来灾难。

我一直尝试着去领会杜甫的境界:他为何不像李白那样寻仙求道,独自快活?又或者,他为何不像苏轼用豁达心态去面对这一切?可他就是杜甫,他的先人辅佐历代君王百年,那是他的信仰,他无法眼睁睁看着先辈建成的大厦就此崩塌,他无法看着原本安居乐业的百姓就此流离失所,他将国家兴亡的责任,担在自己身上。无奈,他生在晚唐,时代不给他拯救黎民于水火的机会,于是他将自己满腔的激情注入文字,喷涌心中的家国情怀。可惜,可惜,杜甫没有成为王朝宰相,而只能将美好的蓝图愿景,留于纸上。

"杜甫"已然变成一种精神,镌刻在人们心中。他摒弃了个人的利益,甘愿为国家担当一份重任,甘愿为人民忍受一份艰苦。最终,他将这份苦痛化为无我的爱,终而铸成了精神的卓越。

杜甫,如此的古圣人之心,无愧于立于天地间的"诗圣"之称。

 点 评

  作者文学功底较深厚,文章文采斐然,引人入胜。从"杜甫坎坷一生却仍旧心系苍生,为后世留下不朽诗篇"这点出发,提炼出"苦难铸就卓越"的观点,主旨明确。

 书海拾贝

  我们躲避过度的崇高,是为了复现人性的本来的面目。认识了人性的怯懦与卑下,我们才懂得包容和悲愤,再踏实地谋求个人道德上的进步和完善,而不是反其道而行,奉怯懦卑下为理想。

——梁文道

正因活着 才有希望
——读《活着》有感

◆学校:嘉兴市南溪中学　◆作者:袁婕　◆指导老师:孙群

"书卷多情似故人,晨昏忧乐每相亲。"阅读不仅使我们汲取丰富的知识,还给予我们无数铭心的教诲,宛如人生的一盏指示灯、苦海里的一叶小舟,亦是迷失方向时抬眼所见的北斗七星。

李克强总理说过,阅读能使人常思常新。好读书,读好书,既可提升个人能力、眼界及综合素质,也会潜移默化影响一个人的文明素养,使人保持宁静致远的心境,砥砺奋发有为的情怀。在闲暇之余,我阅读了余华所著的《活着》一书,其情节的波折、人物心境的变化,以及让人为之叹息的结局,无不令我感慨万千。不仅如此,这本书更是让我在绝望中寻到一汪清泉,明白生而为人应勇于对抗命运的伟大精神。

翻到此书的最后一页时,我的手止不住地颤抖,灵魂被扭曲一般疼痛,泪水打湿了那些冰冷的文字,可那几乎能刺穿人心的没有温度的语句却依旧没有任何变化的迹象。语言或许是冷漠无情的,但其间鲜活的人物何尝不是有血有肉的生命呢?望着书中的福贵忍受着至亲的离去,在希望一次次破灭后摇摇欲坠,却又强撑着站起,看破人间苦难而最终只能无奈拥抱悲凉,我不禁忆起鲁迅先生的一句话:

悲剧将人生的有价值的东西毁灭给人看。

小说扣人心弦,以作者与一位名为福贵的老人的相遇展开,这位年近八旬的老人带着不尽的沧桑,向作者娓娓道来他那不平凡的一生。福贵生于地主之家,年少时是个纨绔子弟,吃喝嫖赌,败光了家中所有钱财,父亲在临死前卖了祖屋和

地契替他还债。于是,福贵在无尽的忏悔之后决定拿起农具养家糊口,虽然家中一贫如洗,但至少还是个完整的家,过得算是踏实。

然而以上所述远远不是故事的结尾,这一切的一切只是噩梦的开始。先是母亲面对生活的苦难,不堪重负患上重病,福贵去城里为母寻药时被抓去参军,几年后,他死里逃生回到家中,却发现母亲早已离世,直至死前她还在劝慰自己说儿子不会再去赌博;女儿凤霞则因发烧导致聋哑。在短暂平静之后,儿子有庆被校长强迫抽血导致失血过多而死;女儿凤霞生孩子时难产而死;妻子家珍在得了几年的软骨病无药可医后也离去了,去寻她天堂的儿女;女婿二喜在工地上被水泥板夹死;后来,女儿年幼的儿子苦根,在五六岁时因吃豆子太多而撑死……只有福贵活下来了。最终只有福贵一人。

至亲猝不及防地相继离去,加上其间戏剧性的巧合,融合在一起成了扭曲的悲剧。如雷劈般的噩耗一次又一次地席卷而来,身为读者的我甚至还没来得及接受上个亲人的逝去,接踵而来的又是新一轮的毁灭和绝望。

福贵正是"以笑的方式哭,在死亡的伴随下活着"。倘若这本书仅仅是用残酷的语言描绘福贵悲惨的一生,倒也不至于如此令人潸然泪下。正因为字里行间短暂而真切的温馨,独属家的温度,让我不禁代入身为儿子、丈夫、父亲的福贵,感受生活的点点滴滴、心态的起起伏伏,他的一喜一悲时时牵动着我的一呼一吸。是对父亲一辈子的忏悔与愧疚,是对母亲道不尽的歉意与不舍,是对妻子止不住的心疼与感激,是对儿女再也说不出的爱意与歉疚,最终却是对自己无能一生的叹惋与不甘。

余华写这本书的初衷并不是让人们知晓命运的残酷与人类的弱小,而是让我们领悟何为"活着"。无论高低贵贱,或穷困潦倒,或荣华富贵,人是为活着本身而活着,而不是为了活着之外的任何事物所活着——只有活着,才能感知喜怒哀乐;只有活着,才能有战胜命运的契机;只有活着,才能感受那若春风拂面的人间真情。

正因活着,我们才有了对生的渴望与对死的畏惧,命运向来不是击垮人心的,而是由我们自身去扭转乾坤的。人生难免会有风浪,我们需要做的只是直面苦难,紧握舵盘,做出选择:奉献与牺牲、直面与逃避、接受与慰藉、进步与停滞……一切选择在于我们自身,而活着的目的,不求出彩,不求伟大,不怨平凡,不怨艰难,请继续追求活着的意义吧!人正是为了那微乎其微的希望而不断奋斗啊!

点评

纵使命运残酷、生命弱小，正因活着，才有希望——这是本文的主题。作者由小说《活着》有感而发，抒发对生命的思考，文章新颖有深度，耐人寻味。

书海拾贝

在街头看一回人的风景，犹如读一本历史，一本哲学，你从此看问题，办事情，心胸就不那么窄了，目光就不那么短了，不会为蝇头小利去钩心斗角，不会因一时荣辱而狂妄和消沉，人既然如蚂蚁一样来到世上，忽生忽死，忽聚忽散，短短数十年里，该自在就自在吧，该潇洒就潇洒吧，各自完满自己的一段生命，这就是生存的全部意义了。

——贾平凹

人类只有一个地球

◆学校:北京师范大学南湖附属学校　◆作者:唐梓骏　◆指导老师:林云娣

"接待我们的人说要吃鱼,我在那间小树皮屋里四下看看,就烧着一锅水,哪有鱼啊;水开后,见做饭的人拎着擀面杖出去,到屋前的那条小河中'乒乓'几棒子,就打上几条大鱼来……多富饶的地方,可现在看看那条河,一条什么都没有的浑水沟。"这是《三体》中白沐霖说的话,原本富饶的地方,人类走后,只留下一片狼藉。

或许这有些夸张,但看看地球吧——几十年前,当宇航员从太空望向地球时,他们看到的是一颗晶莹剔透的蓝绿色弹珠,茫茫林海汇成的绿色包裹着大地,高耸的山峦、曲折的江河连成一幅美丽的图画。几十年后,地球却几乎变成了一颗"黄色弹珠",森林被蚕食,黄沙土显露出来,被排放了污水的大海泛着令人作呕的黄白色。短短几十年,我们见证了人们生活翻天覆地的变化,从低矮平房到高楼大厦,从衣食不保到丰衣足食,从日落而息到彻夜灯火,从贫穷走向富裕,而代价是地球的哭泣。

白垩纪时期的生物大灭绝,使称霸了地球约两亿年的恐龙销声匿迹,无数物种一夜之间灰飞烟灭,人们或许能够想象那个时代惨不忍睹的地狱模样。但其实,我们这个歌舞升平的年代,才是真正的大灭绝时代,平均一个小时就有一个物种灭绝。我们会为家中宠物的离开而哭泣,但是几千米外的一个物种的灭绝,却引不起我们的任何反应,大多只有平淡的一声"哦"。伊文斯却不这么想,他用父亲的钱种下一片林子,用来给一种濒临灭绝的十分不起眼的小鸟作栖息地,为此,他几乎倾注了全身的心血,但最终呢?还是只能眼睁睁地看着林子被砍伐,小鸟们四散飞去……他明白了:眼前看到的一切可以归结为贫穷,富裕的国家营造着自己的优美环境,却把重污染工业向穷国转移。整个人类本质上都一样,只要文明像这样发展,他想拯救的小鸟,或其他的小鸟,迟早都会灭绝,只是时间问题。

是啊,在美国以及欧洲的各个发达国家,随处可见风光秀丽的花园,人们安居乐业,然而,这些国家的重污染工厂却遍布全球,将美好留给自己,将污染留给他人。美国一开始签署后来却又退出《京都议定书》,就是为了避免这些条约对本国经济发展产生负面影响。日本在签署《京都议定书》后,没有选择继续探索新的方法,而是选用最简单经济的方法——向太平洋排放核废水,而美国却称赞日本的做法公开透明。回想当年,苏联切尔诺贝利核电站爆炸后,苏联想尽办法防止核污染扩散,却被美国等国家骂得狗血淋头,如今想来,真是不寒而栗。

人类花在环境保护上的钱到底有多少?谁也不清楚。美国等西方国家一面倡导环境保护,一面不顾环境恶化,选择发展经济。海洋中的塑料垃圾、日益减少的森林,多少人穷尽各种方法去解决,但这真的有效吗?当国家之间把环境作为一种攻击的武器,当作利益的来源,那么无论什么人采取了什么行动,都收效甚微。

我们习惯了以人类为尊的生活,将其他物种与环境都当作我们的附属。我们会对饱受战争之苦的人施以同情,但绝不会为臭氧空洞流下一滴泪水。扪心自问,世上有多少人真正想过如何解决如此多的环境问题?又有多少国家真正重视呢?

夜晚,仰望星空,看见满天繁星,可这其中最近的恒星离我们也有4.2光年之远,地球是我们目前唯一的家园。我们常说,地球是我们的母亲,可一些国家对母亲做了什么!环境保护不是一朝一夕的事,它需要全人类的努力。维护脚下的土地,我们可以誓死力争;维护我们唯一的家园,人类又怎能不团结一致共克难关?

记住,地球只有一个,只有保护好地球,人类才能有未来。

 点 评

  本文将畅销科幻小说《三体》作为切入点,立足当下严峻的环境形势,层层深入,呼吁大家保护环境,保护我们赖以生存的家园,主题贴合实际,引人深思。

 书海拾贝

  因为我既不生活在过去,也不生活在未来,我只有现在,它才是我感兴趣的。如果你能永远停留在现在,那你将是最幸福的人。你会发现沙漠里有生命,发现天空中有星星,发现士兵们打仗是因为战争是人类生活的一部分。生活就是一个节日,是一场盛大的庆典。因为生活永远是,也仅仅是我们现在经历的这一刻。

——[巴西]保罗·柯艾略

攀登,永不停歇
——读《攀登者》有感

◆学校:嘉兴南湖国际实验中学　　◆作者:冯思语　　◆指导老师:陈佳

没有爬不过的山,只有走不过的人。

——题记

在中国的西南部,矗立着一座雄伟的山峰,一年四季,它都以冰雪示人,那就是世界最高峰——珠穆朗玛峰。它是那样的冷,是超越人类极限的禁地,让人心生畏惧;它是那样的高,是无法翻越的巅峰,令人望而生畏。然而,有那么一群人,十几年如一日,用顽强的毅力,克服常人无法想象的困难,终于征服了它。

1960年,全国遭遇大饥荒,在人力物力均严重缺乏的紧要关头,在中国科研技术尚未达到高水平的时候,在这座山峰的最顶端,扬起了一面鲜艳的五星红旗——这对当时的中国来说,是一个史诗级别的事件。小说《攀登者》详细地记述了王五洲等人第一次登顶珠穆朗玛峰的全过程。一系列的外在因素,导致中国登山队在即将登顶时,险失一名队员。后来,人是救回来了,但摄像机却没能保住——第一次登顶,因证据不足而不被认可。

为了消除外界的质疑声,证明中国人有能力从珠峰的北坡登顶,在国家的支持下,王五洲等人开启了第二次登顶的征程。依旧是严酷的自然环境,攀登者们用血肉之躯在珠峰之巅再次展开了我们的五星红旗!无限风光在险峰!这是坚持的力量,正是人的意志、国家的力量让这种不可能最后变成可能,这就是攀登的意义!

这些伟大的攀登英雄,用自己的行动,完美阐释了"攀登"二字的力量——世

界最高峰被他们踩在脚下,他们是地球上站得最高的中国人!他们攀登的身影如同一块块丰碑,激励着中华儿女,踏上了一条条攀登之路。

攀,怀揣初心向前登。袁隆平爷爷曾在采访里提到自己研究水稻的初心——"一粥一饭,当思来处不易;半丝半缕,恒念物力维艰"。经历过20世纪60年代的三年自然灾害,饱尝饥饿滋味的袁隆平爷爷,许下誓愿,要"让所有人远离饥饿"。

于是,袁爷爷开始了"不在家,就在试验田;不在试验田,就在去试验田的路上"的躬耕人生。他所研究出的杂交水稻,被西方专家称为"东方魔稻",让亿万中国人吃饱了饭。他试种的巨型稻获得成功,助力农民增产增收,推动农业发展和乡村振兴。袁爷爷怀揣着自己的初心,用自己永不停歇的脚步,攀登在技术创新之路上。

登,抓住梦想向前行。2021年东京奥运会,中国的运动健儿们再一次向全世界展示"中国攀登者"的风采。巩立姣是一名从农村贫困家庭摸爬滚打出来的铅球运动员。她每天训练投掷二百次以上,每天投掷质量超过一吨,坚持了一年又一年,三十二岁的巩立姣终于迎来了最荣耀的那一刻:东京奥运会中国田径首金,女子铅球冠军。她说:"这一刻,我等了二十一年,这是我训练的第二十一年。所以说,人一定要有梦想,万一哪天实现了呢?我实现了!"二十一年的投掷,二十一年的坚持,这一份对梦想的执着,让巩立姣攀登上了个人运动生涯的最高峰!

攀登,不畏艰险,积极进取。进入初中,如同《攀登者》中等待上升气流飞越珠穆朗玛峰的蓑羽鹤,我在学习之路上展开翅膀,盘旋,盘旋,却总是感到缺少那一股翻越"珠穆朗玛峰"的气流。为此,我彷徨过、无措过,也曾想过放弃。读完《攀登者》一书,我深深地震撼于登峰者用身体去感知自然界的伟大,我仿佛感受到了自己人格与意志的升华!是的,无数"攀登者们"怀揣着的梦想,向前迈进的步伐,那一份坚持与执着,不正是我攀登路上的"上升气流"吗?人生如登山,山就在每个人的心里。有人说,翻过自己心中的那座大山,可能会遭遇致命的天气,也可能比攀登8848.86米的高度更为艰险!世上无难事,只要肯登攀。在不断自我完善的过程中,我离成长之峰的顶端也越来越近。路漫漫其修远兮,吾将上下而求索。

蓦然回首,我竟然也在这条漫长的路上走了许久。脚下是我曾经踩过的石头。路在何方?路在脚下。

只要永不放弃,攀登,就永远不会停歇。

点评

世上无难事,只要肯登攀。文章主题积极向上,以具体事例解释"攀"即怀揣初心向前登,"登"即抓住梦想向前行,构思巧妙,充满正能量。

书海拾贝

你拥有青春的时候,就要感受它,不要虚掷你的黄金时代,不要去倾听枯燥乏味的东西,不要设法挽留无望的失败,不要把你的生命献给无知、平庸和低俗。这些都是我们时代病态的目标,虚假的理想。活着!把你宝贵的内在生命活出来。什么都别错过。

——[英]奥斯卡·王尔德

拿着火炬奔跑
——读《艾青诗选》有感

◆学校:平湖市新埭中学　◆作者:刘佳欣　◆指导老师:张美芳

　　翻开《艾青诗选》,我以为是些陈词滥调,正想放下,却发现这是个追求光明的故事。

——题记

　　我站在狱中,墙壁阴暗发灰,斑驳的墙皮一块又一块地脱落,唯一能透光的窗上立着几根冷冰冰的墨黑铁栏,给人阴冷的感觉,我不觉打了个寒噤。身后突然起了亮光,回头一看,一名二十出头的青年点起了油灯,整个房间被橘色的光笼罩着,是阳光的气息。他端坐在书桌前,那实在不能算作书桌,只是由几块木板拼凑而成,一条桌腿甚至缺了一截,用砖头撑着,他就这样在一张桌子前坐下,写着些什么,我凑过去,看到了这些话:

　　大堰河,今天,你的乳儿是在狱里,
　　写着一首呈给你的赞美诗,
　　呈给你黄土下紫色的灵魂,
　　……

　　我转过头,看着他那张有些憔悴但又充满自信与坚毅的脸,那双被油灯照亮的眼眸仿佛隐隐泛泪,眼角微红,透过这黑沉沉的监狱望向远方。我不解,是什么让他在监狱中还迸发出如此深情的呼唤?

带着疑问,我站在一片黄土地上,天空泛起一道鱼肚白,我又看见他那张瘦削却坚毅的脸上的那双炯炯有神的眼睛。我看着他,他热切地俯下身子,把脸贴近黄土地,眼睛里荡漾着泪光,我听见风把他的吟唱送来:"为什么我的眼里常含泪水?因为我对这土地爱得深沉……"

我闭上眼,好像有些理解了,在遭受日军铁蹄的践踏时,面对这悲愤的河流,吹着这激愤的风,他满含泪水,在用嘶哑的喉咙歌唱着。

我翻过书页,看到一轮火红的太阳,在朝霞的簇拥中,露出灿烂的面庞。霎时,万道金光透过树梢给他的身影染上一层火红。他在吟唱:"今天/太阳吻着我昨夜流过泪的脸颊/吻着我被人世间的丑恶厌倦了的眼睛……"

原来,他的心中始终有着一枚太阳,帮他驱散黑暗,带来光明。

我看着那太阳朝我奔来,我正想躲过,发觉是他举着一把火炬向我跑来——我仿佛看见了普罗米修斯在黑夜中奔跑,把不灭的火种传给了人类。我仿佛看见这火炬,点亮了革命的路途,照耀着天安门前的五星红旗;我仿佛看见这火炬,点燃了民族自信自强的烈焰。我伸出手,稳稳接住了他递过来的火炬:追求土地的完整,人民的幸福,未来的美好,至死不渝!

我要郑重承诺:艾青先生,相信我们,您期待的美好生活已经来到,未来由我们创造!我转过身,向着那轮火红的骄阳,朝着美好的未来,奔跑……

山河已无恙,吾辈当自强。以盛世之青春,兴可爱之中华。

 点评

本文构思巧妙,作者品读艾青诗歌,仿佛与艾青面对面交谈,结尾以"山河已无恙,吾辈当自强。以盛世之青春,兴可爱之华"点明中心,意味深长。

星河·初心·征途

◆学校：嘉兴市二十一世纪外国语学校　◆作者：孙静妤　◆指导老师：张亚茹

星星之火，可以燎原。

——题记

百年已逝，你们的事迹，却如夜空中的星辰，汇聚为璀璨星河，百年未变，至今仍在为迷途之人指引航向。黑暗中，你们的身影，永不黯淡。我愿仰望你们创造的星河，追随你们曾经的脚步，重走你们曾经的征途，坚定始终如一的初心。

1921，南湖

静静泊在湖畔的红船，至今仍在讲述一个百年前的故事……

幼时，它不过是一艘普通得不能再普通的游船。许多豪绅地主登上船，摆开无休无止的宴席，展开一场又一场的谈笑。它听腻了，也开始反感了。它以为自己的命运无非就是这么任人摆布，它什么也做不了。直到，那一天。

一些人登上游船，脚步急促。放开缆绳，游船漂到湖中央。那些人坐到平日里被用来大摆宴席的桌旁。他们神情庄重。游船知道了，他们是一群"与众不同"的人。他们谈起连年战乱，谈起人民温饱，谈起革命事业。游船听愣了。它从没想过世上会有这种人——一心只顾他人、置个人生死于度外的人。它从没想过。

以后的事情，游船大多没听进去，只记得他们宣布"中国共产党成立"，还有……

他们的初心。

1934,湘江

血,到处是血。湘江水早已被染成鲜红。红军官兵的遗体从上游漂下,堆积在江水的转弯处,浮满江面,又让湘江变成令人惊骇的深灰色。鲜红混着深灰,仿佛可骇的军阀挤出的一个更为可骇的笑容。

即使这场景已在梦中出现过千百次,我心上还是如同横亘了一把利刃。咽喉也被扼住。我说不出话。为什么,为什么即使他们早已清楚自己的结局,依然无惧无畏,砥砺前行?我强忍住心中的悲痛,久久思索着。

是为了其他人啊。在无尽的黑暗中,他们愿化为星辰,照亮整个中国的前程。即使所有黎明前夕的美好都会被历史湮没,可他们的精神依旧长存于世,融入万古之长空。

我只希望,自己再次抬头仰望星河时,能够忆起他们,忆起湘江。

忆起革命先辈们曾经踏过的征途。

1949,2021,北京

北京城有属于它自己的记忆,它记得一切的一切。

中华人民共和国成立的那一刻,北京听到了盛大的欢呼声。它也随之欢呼。它明白那是怎样的一种心情。那是多少年的努力,多少年的征途才换来的啊!革命烈士们都看到了吗?你们的鲜血,没有白流。

如今,北京城再度听到熟悉的话语——"不忘初心、牢记使命",它笑了。百年之前,它也曾听到过这句话。刚好,一百年。它明白,不是谁都经得起一个世纪风霜雨雪的吹打。可他们呢,坚守百年,初心始终未变。他们仍有化作指路明灯的勇气啊。单凭这点,北京城就相信,它能看到他们的第二个百年、第三个百年,以至永远。

百年前,他们的先辈也是如此,怀着无比坚定的信念,踏上自己的征途,融入这璀璨星河。

百年弹指一挥间,星河已漫天。

 点 评

  本文以四个重要的时间节点以及三个地点的转换作为切入点,回望了建党百年这一艰难而又光辉的历程,抒发了"星星之火,可以燎原""不忘初心、牢记使命"的感慨,立意高远。

 书海拾贝

  人生本来就是一种较广义的艺术。每个人的生命史就是他自己的作品。这种作品可以是艺术的,也可以不是艺术的,正犹如同是一种顽石,这个人能把它雕成一座伟大的雕像,而另一个人却不能使它"成器",分别全在性分与修养。知道生活的人就是艺术家,他的生活就是艺术作品。

——朱光潜

凡心所向，素履所往
——读《红星照耀中国》有感

◆学校：秀洲区新塍镇中学　◆作者：李子晗　◆指导老师：彭雪萍

红军不怕远征难，万水千山只等闲。长征已经结束了，可是长征精神永不磨灭。

《红星照耀中国》是美国记者埃德加·斯诺撰写的纪实文学作品。从这本书中，我真正领略了长征精神。长征精神是舍己为人的：一个冻僵的老战士，倚靠着光秃秃的树干坐着，他一动不动，好似一尊塑像，身上落满了雪，他神态镇定安详，单薄破旧的衣服紧紧地贴在他身上，他已经因寒冷而离开了人世。他是一名普通的老兵，为了把生的希望留给他人，他毅然选择了死亡。一颗红星滑落，闪烁着迷人的光芒。

我从书中看到了千面、万面的中国——那是一个拥有着无数风景的地方，有被铜墙铁壁保护着的古城西安，有梦幻之境般的紫禁城；那是一个民不聊生的地方，充满着苦难与饥饿；那是一个内忧外患的地方，国民党迫害进步人士，日寇对华夏虎视眈眈。

这一刻，只有两个字盘旋在我的心头，久久不曾离去：何必？同为中国人，为何要自相残杀？这过程中，我看到的是堕落的残阳和升起的明星，相互纠缠。无数共产党人趁着风华正茂，趁着初心未老，虽然长路漫漫，也许永夜无昼，却从未放弃。

我们总说：不忘初心，牢记使命。那么初心为何？使命又为何？有人说"当你凝视深渊，深渊也在凝视你"，但共产党人"凝视深渊"的初心绝不是堕入深渊，而是用心中的信念照亮深渊，驱散阴霾。共产党人背负的使命是民族的独立，是民族的复兴,他们是那束光,是撕开云雾后露出的璀璨,那是民族的希望啊!他们有远大的理想,他们扬起远航的帆,握着生活的舵。在拥有伟大情怀的同时,他们也散发着生活气息,藏着独特的个性。

在书中,我清晰地感受到红军长征的不易,但是他们肩负着使命,以初心为动力,创造出了奇迹。当然,英雄们的付出远远不止书中所写,"凡心所向,素履所往,生如逆旅,一苇以航",这是每个共产党人所秉持的,不忘初心,方得始终。

想到这里,我不禁在纸上写下了密密麻麻的心得,心中的信念冉冉升起。纸上落下的一笔一画无不充满了自豪:今天的中国是那么的强大,960万平方千米的辽阔土地;2020年GDP总量14.7万亿美元,位列世界第二;长征十一号火箭于海上平台发射,该系列火箭保持了100%的发射成功率;实现了从4G到5G的突破;自主研制出新冠病毒疫苗;2021年的东京奥运会上,我国以奖牌总数89枚的成绩,位列奖牌榜第二。

阅读经典,重温历史。今天的和平幸福生活来之不易,我们应该倍加珍惜。就让我们跟随着红星的指引,传承红色基因。过去腥臭腐朽的人间已经不在,无数革命先辈将它变得熠熠生辉,那我们便让它永存,且越发闪耀!

彼方尚有荣光在,只因红星照耀中国!

 点 评

"彼方尚有荣光在,只因红星照耀中国",文章重温历史,追忆艰难过往,思考当下,着眼未来,充满了正能量,读来让人心潮澎湃。

架设"中国梯",君子以自强不息
——读《攀登者》有感

◆学校:桐乡六中教育集团实验中学(康泾校区)　◆作者:汪宇昂　◆指导老师:朱银华

"会当凌绝顶,一览众山小。"《攀登者》一书的扉页上,杜甫《望岳》中的这一千古名句赫然在目。在海拔8700多米的绝壁上,只有像脊梁般的"中国梯"顽强地挺立着。

在1960年的5月,中国登山队的3名队员成功登顶珠峰。然而,为了保全队友的生命,他们不得不放弃了摄像机,放弃了能作为证据的东西。因此,国际上许多人不相信他们登顶的事实,留下了无尽的遗憾。13年一晃而过,当年的登山队成员王五洲听到国家将要重启登山计划时,义无反顾地再次加入登山队,虽然"背叛"了他对妻子的诺言,但他没有犹豫,为了心中的梦想和国家的需要,他毅然决然地踏上了第二次登山之路。登山路上,队员们艰苦奋战,为了后面队友的安全,冒着生命危险,架起了闪着光芒的"中国梯"。

他们没有被高度吓倒,没有因困难放弃,没有被寒风吹散登顶的意志,没有因冰雪熄灭火热的登顶之心。中国精神,是一种团结一心、勤劳勇敢、自强不息的伟大民族精神。登山队员们,或成功,或失败,或勇攀高峰,或保障后勤,或落下残疾,或顺利而归,他们之中,没有一个放弃,他们始终宁愿牺牲自己以成就他人,为了全队的成功更可以不顾生命:李国梁选择自己坠落以换取作为证据的摄像机的安全,夏伯阳把自己的睡袋留给更需要的队员而失去了双腿。他们为什么这样做?因为他们知道,自己失去的是双腿或个体的生命,然而整个登山队获得的将是世界瞩目的成功、荣耀和强大。所以,在生活中,我们不仅要考虑自己的成功,更应该顾及整个集体的成功,为之奋斗,坚持到底,并相信一定能实现。

中国精神,在实践中处处演绎;攀登者,在生活中无处不在。

我们的祖国,有着一大批攀登者。他们面对困难时,尽自己的力量为集体无私付出,坚持到底,不怕牺牲。他们,是中国的脊梁,是耀眼的"中国梯"。

百年前,在风雨飘摇、江山破碎之际,大批共产党人前仆后继,在技术限制、资源短缺的条件下,不怕牺牲,用鲜血铸造了光明的未来。中国梯,是在困境中,哪怕牺牲也无所畏惧。

2019年底,新冠肺炎疫情突如其来,无数医护人员、基层工作者及志愿者身先士卒,竭尽全力投入到如火如荼的战役中去。他们废寝忘食,身心俱疲,用生命照亮了胜利的道路。中国梯,是在精神与身体的极限中,忘我付出,突破自我。

2021年东京奥运会上,"亚洲飞人"苏炳添在男子100米半决赛中,跑出了9秒83的好成绩,打破了亚洲纪录,也成为首位闯入奥运会男子100米决赛的中国运动员;"六边形战士"马龙在乒乓球场上一路过五关斩六将,拿到了男子乒乓球单打金牌,成为历史上首位蝉联奥运会男子乒乓球单打冠军的运动员;杨倩在处于劣势时迅速调整好心态,坚毅地射出最后一枪,扳回局面,最后赢得比赛。中国梯,是在外界与自身的压力下,调整心态,奋力向上。

百年后,中国共产党的先驱们欣慰地看见,庆祝中国共产党成立100周年大会隆重召开,红旗像翻滚的波浪。历时35天,当武汉最后一家方舱医院休舱,无数医务工作者欢呼雀跃:庆祝祖国的胜利,庆祝自己的胜利。领奖台上,当获得金牌的运动员看着五星红旗徐徐升起时,脸上写满了自豪……

我们现在正处在人生的黄金时代,我们要珍惜时间,发挥自身最大的潜能,抓紧学习,勇攀高峰。我们要做一个攀登者,阐释中国精神,团结一致,奋力拼搏。我们要在各自的位置上,在细碎的生活中,传承"梯子"精神,追求美好生活,书写中国人的新篇章。

架设"中国梯",君子以自强不息。

点 评

从书中攀登珠峰的"攀登者",到生活中与困难做斗争、与疫情赛跑的"攀登者",文章过渡自然,与时事结合紧密。文章结尾短促有力,再次点题,升华文章中心思想。

书海拾贝

今天的计划没完成,还有明天。今生的心愿没实现,却不再有来世了。所以,不妨榨取每一天,但不要苛求绝无增援力量的一生。要记住:人一生能做的事情不多,无论做成几件,都是值得满意的。

——周国平

与江湖
——读《水浒传》有感

◆学校:嘉兴市洪兴实验学校　◆作者:王晨　◆指导老师:费佳

剑,刺向心中是悲的;刀,砍至身上是疼的;酒,浮生泪,则映下了愁。
道,在江湖至深处,与刀剑相伴,和酒肉为生。
笔,方能诉说风云,著此辉煌!

忆往昔·叹

《水浒传》,元末明初著名小说家施耐庵所著。全书以"官逼民反"为主题,表现了一群不堪暴政欺压的"好汉"揭竿而起,聚义梁山,直至接受招安,致使起义失败的全过程,反映了封建社会下农民备受剥削和压迫的社会现实。

小说在丰满的情节中,融入了作者个人的心声,他站在农民起义者的一方,写出起义者劫富济贫、除暴安良的正义。那个令人窒息的社会在施耐庵的笔下展现得淋漓尽致。黑暗,痛苦,绝望。就连吴用这样的读书人都背负了人命。

他借小说来讽刺这个早已腐朽不堪的社会,来诉说心中之感。

顾全书·悲

书中有几处令人悲伤之笔。起初,见北宋皇帝宋徽宗,心中无感,亡国之帝,又有何能;后文,众英雄战死,唯与泪相伴。宋江在毒酒下,悲惨离世,吴用相随,天人俱悲。林冲亡于寺中,武松剃发为僧,智深圆寂海边。另有李逵被宋江强灌毒酒,这更是我心中之意难平——为死后留名,杀生前挚友,着实于心不忍。

初观全书,悲喜交加,以悲作结尾,甚不解施先生此作为何。但每每读起,又感慨万分,感慨于社会之残酷,人心之险恶,起义之困难,战斗之豪迈。读至数遍后,方悟先生以悲为结尾之意,如此方能表达在这么一个混乱社会下,农民起义之悲苦。死,才能唤醒人民心中对这个封建腐朽的黑暗社会的控诉。

书今朝·恨

1901年,腐朽的清政府签订了丧权辱国的《辛丑条约》。1919年,面对巴黎和会的耻辱,中国人民选择抗争,爆发了伟大的五四运动,以此展现了中国人不屈不挠的反抗精神。

这一切,其实早已在《水浒传》中埋下伏笔。

1927年,李大钊先生以死来唤醒沉睡麻木的中国人。他做到了。在中国共产党的努力下,中国人民不断抗争,最终推翻了那个腐朽的封建社会。

我翻看历史的书页,看到的不是吃人,而是抗争,是无数人,无数牺牲,无数鲜血,一个字一个字刻出来的,刻的是天下人所遭受的痛苦,也是他们对黑暗社会的无尽嘲讽与不屈奋斗。

水浒,叹尽江湖,行侠客道,负天下梦!

书中有道,悟道者却不知!

 点评

本文行文流畅,一气呵成。作者对《水浒传》一书的理解较为深刻。全文语言铿锵有力、掷地有声,读来令人心潮澎湃、热血沸腾。

与"他"的相识和对话
——《昆虫记》读后感

◆学校:东北师范大学南湖实验学校　◆作者:伍思含　◆指导老师:袁亚玲

他拥有一片荒石园。

荒石园早已废弃,不为人所用。这里不能用来建房,放眼四周,触目皆为废墟,唯有一堵断墙屹立其间;这里不能用来种作物,土地贫瘠,乱石堆砌,即使辛勤耕耘,也难见成效。

但他曾说过,他把这儿当作他的伊甸园。这又是为什么?在这片野草丛生——犬齿草、矢车菊以及各种刺茎菊科植物满地疯长,荒凉贫瘠——等到干旱的夏日来临,这儿就只有一片枯枝败叶的地方,究竟有什么梦幻美好的事物使他心生向往?

我在园前久久徘徊,心念着是否要询问那个蹲在一大簇一大簇野草中,被埋没了身影,目光久久注视一处的男人,他已经在一个土丘前停留了四个小时。烈日炙烤着我的脊背,身边还总有讨厌的苍蝇嗡鸣,我不得不挥挥手把它们驱赶开;夏蝉嚷叫着,震得我耳膜疼痛,让我只想赶紧逃离这闷热嘈杂之地。我却很想了解,是什么东西将这个男子的目光牢牢地吸引住。于是,我踏着纵横交错的碎石和树枝,拨开了各种高个子植物,清清楚楚地瞧见了蹲在一处观察着土丘的男人。他并没有注意到我的到来,而是继续盯着地上的什么东西,直到我慢慢凑近他,挨着他蹲下。

男人终于对我说话了:"你看到了吗?这是圣甲虫混乱的战场。"

我低下头,顺着他的目光望去,我们把视线交汇于土丘上的一点。几只身体外面套着闪出或青铜或翠绿或深蓝光芒盔甲的小虫子在土丘坡度较缓的一面,或独自或合作着用后腿推动着什么物体。仔细看,那其实是一些被称为"圣甲虫"的食粪昆虫。而土丘上有一些硕大如拳的新鲜牛粪,一个个都呈完美的球形,仿佛被雕琢过的艺术品。我在一些专业的科学书上看到过,这种虫子以食用动物的新鲜粪便为生,甚至把卵产在粪便之中,以此繁衍后代。只是我从未见过它们活生生在大自然中推粪球的样子,顶多也只曾走马观花地瞧过挂在实验室四面墙壁上的生物学家们制作的昆虫标本。

我看见一只圣甲虫正倒立着,前肢支撑,后腿一来一回交替推动,使粪球往前滚动,粪球不断地被碾压,球形更加完美。以前我可不知道,小小的圣甲虫竟掌握了如此高超的技能,它们如同被上天眷顾,天生就知道要怎样推,才能让粪球拥有宇宙中最美丽的形状。

圣甲虫不断地在土丘上推粪球,直到它认为这个粪球已经够大够圆,便停下来,似乎想休息一会儿。我不禁有些疑惑:如果这只圣甲虫去休息了,那么这个粪球应该由谁来运送到合适的地方呢?男人用比耳语略高的声音告诉我,自然会有另一只圣甲虫过来"帮助"它的。果不其然,不远处另一只圣甲虫一见同伴停止工作,就马不停蹄地奔过来,后腿搭在圆圆的粪球上使劲儿帮助疲惫的同伴完成未竟之事。同伴自然欢喜,便绕到粪球后端配合,两个搭档的合作关系就此形成。尽管它们的动作并不协调,常常笨拙地摔倒。两个搭档穿过百里香、车辙和斜坡,看似漫无目的地你推我拖,终于找到了一个合适的地方,可以用于放置粪球。它们总算停了下来,"物主"开始挖掘自己的"餐厅","入伙者"趴在粪球顶端悠闲小憩。

"挖掘工"每次抱着一捧土回来时,都要先确认自己的粪球是否安然无恙,"入伙者"近似装死的行为使它渐渐放松了警惕,放心地继续挖掘"餐厅"。过了好一会儿,由于工程规模扩大,"物主"露面的次数越来越少,"入伙者"就从粪球上溜下来,快速用后腿把粪球运走。等"物主"察觉,狡猾的"小偷"早逃出几米远了。前者怒不可遏地穷追不舍,直至追上忙着推粪球的抢夺者,二者争斗一番,你推我打,最后"物主"总能宽容地原谅"劫匪"。圣甲虫们像是什么事都没发生过,彼此相安无事,前者空着手回到空空的"餐厅",后者带着抢来的粪球回到自己的地盘。

眼前上演的漫长争夺,实在颠覆了从前长者们或科学家们告诉我的,圣甲虫勤劳务实的形象。如果不是接近了这个非常有耐心的男人,说不定我一辈子都看不见这种充满了生机与狡诈的场面。我挠挠被蚊虫叮咬的脚踝,不禁冒出这样一个疑问:身旁这人怎么能直勾勾地观看圣甲虫慢慢地推粪球,中途不断被绊倒而

不厌烦,甚至还能继续将注意力集中在慢慢悠悠挖掘"餐厅"的圣甲虫身上?思量几番后,我询问了还未把头抬起的痴迷人士:"请问,您究竟是怎么做到在这里蹲了四个小时观察昆虫的呢?"

"小姐,"他仍然没有正眼看看我,而是全身心投入到了几只圣甲虫身上,心不在焉地回答,"您不觉得这些昆虫充满了魅力吗?比如说这些圣甲虫,如果乡村的污秽地区都像城市的厕所一般喷上浓郁的香氛,就会脏上加脏,粪便也派不上用场。正是因为有了食粪虫们的辛勤劳动,这些污秽物才能得到清理,最后被食粪虫们所消化。

"而且,如果您再仔细观察一会儿,您会发现这些毫不起眼的小小昆虫具有很高级的母爱。膜翅目昆虫身上凝聚着最充分的母爱,为了家族繁衍,它们成了种种技艺的行家里手。这类工程是专以家庭的未来为目的的,其中闪烁着在母爱激励下的种种本能的最高表现……"

此时,一只圣甲虫滚粪球的时候遇到了一个陡坡,他就无暇与我谈话了,因为他要注意观察这只圣甲虫接下来会怎么做。但我没有耐心陪他一起观察,只想询问更多有关他的事。于是我又一次打断他的研究:"但是在实验室里观察不是能更加细致,且不用耗费这么多的时间吗?您可以细细观察这些小甲虫的后腿究竟是怎样动的……"

他不以为然地摆摆手告诉我:"不,不,我不像你所谓的科学家那样。他们研究的是不能自由运动的标本和尸体,而我研究的是活生生的生命。对,把昆虫关在密闭的实验室里,确实方便省事了不少,但是这些昆虫不是生活在实验室里的,而是生活在大自然中的。脱离昆虫们的生存环境而进行的研究,有什么意义呢?我敢说,如果我在实验室里给你看这些圣甲虫,你肯定看不见它们刚才上演的精彩一幕。"

我仔细想想,确实如此:实验室里没有新鲜的牛粪,没有天然的土丘,没有庞大的圣甲虫群……在那种欠缺自然元素的地方开展研究,成果会是真真切切的吗?此时,刚才那只圣甲虫仍在努力往陡坡上推粪球,虽跌落了无数次,但是它仍然坚持要从斜坡上去,不肯绕远路。在这小昆虫的身上竟能看到男人的影子:他尽心尽力地在自然环境中研究昆虫,尽管会因为各种自然或人为的原因失败,还会遭到一些科学家的嘲笑,但是决不放弃自己的研究原则,坚持观察昆虫自然的天性,不肯将昆虫解剖成一具一具可怕又可怖的标本。这才是一个真正的昆虫学家,一个真正的昆虫迷,不是吗?

……

男人与他的伊甸园在我眼前旋转消失,书桌上赫然摊开着一本厚厚的《昆虫记》,正翻至描写圣甲虫的一章。此刻,身边已没有了那个活在昆虫世界中的男人,但刚刚我所想的一切、所见的一切,仿佛就在身边,就在眼前。那土丘上的圣甲虫,似乎也随着它忠实的观察者——著名昆虫学家法布尔,来到了我的桌边。

 点 评

本文选材新颖,构思奇妙,语言生动活泼,以《昆虫记》为媒介,通过与法布尔的相识和对话走入昆虫的世界,了解不一样的"奇遇人生"。

敬"真我"
——读《世说新语》有感

◆学校:嘉善县第一中学　◆作者:陈昭　◆指导老师:李燕娜

《世说新语》是南朝宋文学家刘义庆撰写(一说组织编撰)的一部文言志人小说集,被鲁迅先生称为"名士底教科书"。

《世说新语》主要记录了东汉后期到魏晋年间一些名士的言行与逸事,是研究魏晋风骨的绝佳素材。关于他们的种种活动,如清谈、品题;他们的种种性格特征,如任诞、简傲;他们的种种人生追求和嗜好,如酣醉和离经叛道——书中均有生动的描写。"夜光之珠,不必出于孟津之河;盈握之璧,不必采于昆仑之山",那些借由书作流泻出的自由、正直、宽容、飘逸、狂放……凡此种种,不灭于心。

洒脱飘逸·真性情

跳出文字看历史,魏晋时期,朝代更迭,庙堂党争,延续几百年的斗争和杀戮,留给生者的是如草芥和蝼蚁般的生活。生存或者死亡,活着和如何活着,成为最基本的命题。

书中描述的名士们,他们胸怀大志又醉酒佯狂,他们啸傲山林又不拘礼法,他们愤世嫉俗又个性张扬。洒脱飘逸的真性情是他们的第一张名片。

书中许多篇目提到了竹林七贤之阮籍,他旷达不羁、不拘礼法。阮籍嗜酒,"步兵校尉缺,厨中有贮酒数百斛,阮籍乃求为步兵校尉"。为区区数百斛酒,这位集才情与美貌于一身的风流名士甘愿去争抢着做一个闲散的武官。阮籍不好功名利禄,只求一醉方休,给他一壶酒,天下任风流。这一醉,是他的境界,他的逍遥。这一醉,是淡泊,是洒脱,是真性情!

雅俗共赏·真无畏

魏晋时代当是政治最混乱、社会最动荡、百姓最痛苦的时代,却又是精神上极自由、极解放,最富于智慧、最浓于热情、最富有无畏精神的时代。

还是阮籍。"阮公邻家妇,有美色,当垆酤酒。阮与王安丰常从妇饮酒,阮醉,便眠其妇侧。夫始殊疑之,伺察,终无他意。"喝得酩酊大醉,甚至醉倒在已婚妇人身边,俗吧?真俗。但是"终无他意",雅吗?真雅。仙风道骨显露无遗,坦荡直爽,蔑视礼法——酒可醉,但思无邪!后人只会笑叹那位"夫"以小人之心度君子之腹!

顺其自然·真德行

血雨腥风的洗礼中,正直的知识分子东奔西走,或呐喊鼓吹,或扪心自问,名士们则看透世俗眼光,看淡世间纷扰,看守住心中属于自己的世外桃源,为后人留下了不朽的绚烂篇章。"桓公少与殷侯齐名,常有竞心。桓问殷:'卿何如我?'殷云:'我与我周旋久,宁作我!'"

始终保持"我是谁"的自省,"宁作我"的自信,"勿忘我"的自律。各美其美,美美与共,"宁作我"方能成我,这是何等的气魄,何等的自信,何等的豪迈!

我就是我,是颜色不一样的烟火!

这才是我所向往的人生!

掩卷而思,《世说新语》不愧为一部经典,其经典在于告诫后人,在波涛汹涌的浪潮中不随波逐流,在人心不古的社会中坚守道义,在变幻莫测的世界中找准方向。无论何时、何地、何种境遇下,勇敢追求最本质的真我,追寻人类真正的使命!时光深处,有一群遗世独立的真人!

 点 评

作者文字功底颇深,文章文采斐然。通过小标题的形式选取三个事例,恰如其分地描绘出《世说新语》当中的名人风骨。文章叙述生动自然、结构紧凑、衔接自然、中心突出。

 书海拾贝

你的生命不论在何地结束,总是整个儿留在了那里。生命的价值不在于岁月长短,而在于如何度过。有的人寿命很长,但内容很少;当你活着的时候要提防这一点。你活得是否有意义,这取决于你的意愿,不是岁数多少。

——[法]蒙　田

那个时代的他们

◆学校:同济大学附属嘉兴实验学校　◆作者:赵子轩　◆指导老师:郑洁

我静坐窗前,眺望着窗外。突然,一道闪电划破了天空的宁静,伴随着轰隆隆的雷声,我也从思绪中抽离,缓过神来。只见那呼啸的狂风卷集着乌云,转瞬间就占满了整片天空。不一会儿,随着那噼里啪啦的滂沱大雨,映入眼帘的只剩下因白雾遮挡,隐约能看到棱角的楼房。那窗前的松树被这呼啸的狂风肆虐,那残损不堪的枝干,也在风中无力地摆动着,发出刺耳的断裂声,垂死挣扎着。

不觉间,那一个个伟大的革命者的轮廓浮现在我的脑海之中。

在那样一个弱肉强食的时代,古老落后的中国成了列强的口中之食,在经历了一次次的洗劫和羞辱后,中国人站了起来,这片土地也复活了。就如《艾青诗选》中的"在它温热的胸膛里,重新漩流着的,将是战斗者的血液"。这些伟大的战斗者中,令我印象最为深刻的就是陈独秀和李大钊。

作为一心救国的革命者,陈独秀"只顾大家,舍了小家"。就连亲生儿子都对他不满,甚至"怨恨",恨他没有见母亲最后一面,恨他不管家人的死活,恨他对自己如此苛刻……但是他作为一名革命者,又该怎样诉说他的苦衷?

在推动新文化运动时,他不得不面对复古派的打击和抹黑,对方甚至还带人在他家门口、在北大校园中高声辱骂他,他难道不难受,不悲伤?

甚至,作为一名父亲,眼看着自己的孩子们被昔日的世交吴稚晖出卖,走上了刑场,遭乱刀残忍杀害。作为一名父亲,他的心该有多痛啊!

即使如此,陈独秀也从不曾忘记自己的革命初心。这是一位十分伟大且令人敬佩的英雄!

  李大钊学识渊博,自日本留学后回国,发誓此生不会做官,一心只为革命。他深入民间,了解平民百姓的生活疾苦,还对工人阶级进行了仔细的探访和观察。这对中国共产党的成立起到了巨大的作用。

  大钊先生那乐于助人的善良品德也深深吸引着我。他为了救助穷苦人家的孩子,不惜将自己的衣服和心爱的怀表换成钱送去。钱不够,就再去向他人借钱,还提前预支自己的工资。春节期间,了解到工人们没发工资,他就用自己的工资买了面粉和菜给工人们送去,帮助他们过个好年。事实上,心善的大钊先生将自己几乎全部的积蓄都资助了别人。

  他将自己的一生都奉献给了革命事业,不惜与家人分别。在38岁时,他被敌人施行绞刑,光荣牺牲了。

  多么伟大的革命者啊!

  此时,风停雨歇,一缕阳光照来,我看着湛蓝的天空中高挂着美轮美奂的彩虹,那松树在经历了狂风暴雨的洗礼后,虽然有不少枝干被折断,但主干仍直直地立在那里,纹丝不动,叶片上则满是晶莹的"泪珠"。我不由得感慨:革命者们就像这雨后彩虹,照耀着全中国。正是因为有他们这样英勇无畏的先驱,我们今天的生活才会如此幸福。现在生活中的每一个幸福的瞬间,都印证了陈乔年烈士临刑时说的:"让我们的子孙后代享受前人披荆斩棘的幸福吧!"感谢那个时代的他们。

  作为新时代的少年,我们更应该向这些前辈们学习,珍惜每一分每一秒,把时间花在刀刃上,成为国家的顶梁柱。

  本文构思巧妙,以眼前所见之景引发对革命先烈的追忆,通过具体事例的描绘表达对先烈们的赞美与崇敬。结尾抒发自己的情感,点明主旨。

野火烧不尽,春风吹又生
——读《简·爱》有感

◆学校:海盐县行知中学 ◆作者:韩佳园 ◆指导老师:郑风

《简·爱》,一个家庭教师与豪门子弟相爱,历经磨难,最后共守白头的故事。这一听就非常老套,从以前的《灰姑娘》到如今的网络小说,这样的故事比比皆是。这还不算,《灰姑娘》和网络小说里的女主角都面容俊俏、体态优雅,是娇贵的牡丹,人见人爱;而简·爱却长相平平,甚至算得上有些丑陋,仿佛是平庸的野草,无人理睬。奇怪的是,这本书却经久不衰。

情节不精彩,主角不漂亮,这样的小说有什么意思?

——在翻开《简·爱》的第一页时,我的确是这么想的。

在读至最后一页时,我恍然大悟。

简·爱是追求自由、平等、独立的使者。

如果说热爱自由是一种罪,那简·爱定是罪该万死。幼年时她不堪忍受欺凌,不愿受他人摆布、做他人奴隶,于是"揭竿而起",即便孤军奋战、遍体鳞伤也毫不畏惧。瑞德太太的蛮横与仆人们的冷言冷语不能浇灭她心中熊熊燃烧之怒火,不能压倒那永不屈服之身躯。

如果说崇尚平等是一种财富,那简·爱定是全球数一数二的富翁。她厌恶不同等级遭受不平等对待,对等级制度不理不睬,从不对着身份显赫的罗切斯特低头俯首、阿谀奉承;她厌恶不同性别遭受不平等对待,对歧视女性的男人发出尖锐讽刺:有些男人思想浅薄,明明自己享有更多权利,却说女人只能做果冻和织袜子,弹钢琴和绣手袋。

如果追求独立是一门学科,那简·爱定是一位举世闻名的教授。她追求经济

独立。爱人欲赠以精妙绝伦又价格不菲的首饰,可她深知那不是属于自己的东西,她不期望不劳而获,所以她坚决不把它们戴上。她渴望衣食住行都倚靠自己,用自己的勤劳与智慧实现富裕。

《简·爱》是受压迫者的心声与勇气的赞歌。

《简·爱》出版于1847年,虽然当时资本主义已迅速发展,但是旧势力、旧思想、旧制度依然如泼墨乌云般笼罩着英国。作者夏洛蒂·勃朗特虽出身中产阶级,仍深受这些"旧物"的折磨:想以写作谋生,却被讽刺为"做白日梦",被告知"文学不能也不应成为一个女人生活中的正事";做学校老师薪俸低,做家庭教师被当作用人,受尽屈辱……那时,社会黑暗、政局动荡、阶级矛盾尖锐,工人运动如火如荼,守旧势力也进行着无力而又疯狂的反扑,其中有很多官员贵族。不过夏洛蒂·勃朗特没有被吓倒,而是向他们发起坚定有力的反击,在质疑与阻挠前不低头,在痛苦与失意中不止步,坚定不移地向希望、光明、理想奔去。她借简·爱之口,发出热切又嘶哑的呐喊,向世界喊出社会的不公与黑暗,喊出自己的心声,让世界看到被贵族们践踏在脚底的人们誓死捍卫自己人格的勇气。

简·爱这个人看上去平平无奇,像根野草;《简·爱》这本书听上去普普通通,也像根野草,容易被忽略。你只要多瞄几眼就会发现,渺小野草背后的巨大生命力,那是对自由、平等、独立的执着追求,是人类为了美好生活而不顾一切的勇气。夏洛蒂·勃朗特写的是简·爱,更是数以万计的受压迫的人们!《简·爱》的确讲述了一个不鲜见的爱情故事,可读者绝不能因此否定此书的价值,绝不能忽略其中的丰富内涵,绝不能蔑视那"野火烧不尽,春风吹又生"的野草。它激励我们去追赶光明,驱散黑暗,向前奔跑,永不停歇。

你认为我能够留下来,变成一个对你无关紧要的人吗?

你认为我是一个自己会动的工具吗?是一台没有感情的机器吗?

我能忍受嘴上充饥的面包被夺走,杯里活命的水被泼掉吗?

你认为我没有钱财、家世寒微、长相普通、身材矮小,所以我没有灵魂没有心是吗?

你想错了!

我的灵魂和你的一样高贵,我的心和你的一样完满!

点 评

文章夹叙夹议，行文流畅，"读"与"感"结合紧密，作者在《简·爱》这本书中感受到了一个如野草般平凡容易被人忽视，但又如野草般坚韧、自强的女性形象。

书海拾贝

我不再装模作样地拥有很多朋友，而是回到了孤单之中，以真正的我开始了独自的生活。有时我也会因为寂寞而难以忍受空虚的折磨，但我宁愿以这样的方式来维护自己的自尊，也不愿以耻辱为代价去换取那种表面的朋友。

——余 华

传红色基因　做红色少年
——读《迟到的勋章》有感

◆学校：洪合镇中学　◆作者：杨佳怡　◆指导老师：叶明

  站在国旗下，仰望那革命先烈用鲜血染红的五星红旗，我心澎湃。五星红旗那鲜艳的"红"映在我眼底，更投射进我心里，我总在心里默念："好好学习，长大后报效国家，回馈社会。"无数革命先烈为国家独立、民族解放拼搏奋斗，甚至献出自己的生命，这份红色精神时刻铭记在心。毛泽东曾慷慨吟诵："数风流人物，还看今朝。"今朝的青少年们，我们应该勇立潮头，在思想上、行动上把革命先烈们为国为民而无所畏惧的精神传承下去，内化于心，外化于行，主动学习红色文化，主动承担更多社会责任。

  "热爱生活，热爱人民，热爱中国共产党"，是我们从小喊到大的口号，早已镌刻在心。一百年来，更有无数为国为民做出杰出贡献的仁人志士，赋予这个口号以光芒。在至暗时刻，李大钊同志把自己变成火种，燃烧，播种，启明。1927年4月28日，三十八岁的李大钊大义凛然地走上绞刑台，英勇就义。第二天，他的妻子对孩子们说："记住，昨天是你们父亲的遇难日。此后，务必好好学习继承父业。"之后，长子李葆华自日本留学回国就投身抗日战争，次子李光华成为中国科学院电子研究院的党委书记，长女李星华成了一名作家。而李大钊的孙子们，与千千万万的学生一样，通过课本了解祖父的故事，通过父母口耳相传理解了祖父的伟大。李大钊牺牲的时候只给家里留下了一块大洋，他清正廉洁、以身作则的优良家风在他们这个家族里代代相传。

  红色是一种信仰，不仅仅是个人的独立思想。就如护边员拉齐尼为救落入冰窟的儿童而不幸牺牲之后，他十四岁的女儿十分理解自己父亲的行为，并且坚信，如果父亲活着,一定会继续坚持为祖国守边。一个与我们同龄的小女孩,早已在这个不懂事又懂事的年纪悄然长大,早已被父辈们的爱国精神所感染。当她含泪说自己长大了要当一名军医,要和爸爸一起守护家,守护祖国时,我不由得感慨,这就是优良传统,这就是红色基因。护边员的女儿,已从小立志,我们也要努力效仿,赓续红色血脉,守国也守人民。

洪合镇是嘉兴唯一一个用革命烈士名字命名的乡镇,这也是我校校名的由来。王洪合的事迹代代相传。他在十八岁时与伙伴一起参加了抗日游击队。1943年,他光荣地加入中国共产党,并很快成为一名优秀干部。1949年,王洪合来到嘉兴,一心办事,心无杂念。可后来他却得了疟疾,高烧不退。这一日,突然来了几个土匪,一看到王洪合就开枪,子弹从医生腋下穿过击中了他,重病加重伤,王洪合英勇牺牲。我们在这方革命烈士热血流淌过的土地上成长起来,一定要传承这份红色基因,秉承先烈遗志,高举红色火炬,走前辈们未走完的路,走我们这代人特有的路。

《人民日报》曾发表过这样一句话:"时代在变,年轻的面孔也在变,但爱国和追求进步的目标永远不变,红色基因的底色永远不变,始终奋进在时代前列的精神永远不变。"百年沧桑,中国巨变,我们已走过万水千山,但仍需跋山涉水。至此,我更加明白为何面对五星红旗,我内心会如此激动,因为我的身心属于祖国,我要为我国、我的家增添光和热。

少年是人生的开篇,我们要扣好人生的第一颗扣子,从身到心,从言到行,学红色文化,传红色精神。"少年强,则国强",红色少年,传承红色基因,沿红色印迹,争做红船畔自强不息好少年。

 点评

本文主题积极向上,充满正能量。列举先烈事例并结合自身情况抒发传承红色基因,沿红色印迹,争做红船畔自强不息好少年的志向,激荡人心。

土地的眷恋
——读《艾青诗选》有感

◆学校：禾新实验学校(万历校区)　◆作者：马星雨　◆指导老师：赵玮丽

每次翻开《艾青诗选》，似乎都会感觉到有一股微苦的味道从书页间流散出来，那是诗人内心压抑的苦痛与挚爱，悲伤与反抗。又感觉，那书页似乎很沉、很厚重，每一页纸都是他笔下那深沉厚重的土地，每一页纸都写满他对这土地的深深眷恋。

"为什么我的眼里常含泪水？因为我对这土地爱得深沉……"读着沉沉的诗句，我仿佛看到诗人化身为一只孜孜不倦的鸟儿，看到他那满含热泪的双眼，听到他用疲惫嘶哑的喉咙，用尽最后一丝力气，倾诉自己对深重灾难的祖国的挚爱，听到他用炽热的诗篇为中国人民抗击日本侵略者吹响了战斗的号角。

"雪落在中国的土地上，寒冷在封锁着中国呀……"这是发自诗人内心深处的强烈呐喊。那深沉执着的关怀，那赤诚炽烈的呐喊，那急切忧虑的心绪，那冷峻真实的笔触，使人瞬间无比真切地看到被寒冷封锁着的中国，被战火啃啮着的大地，在忧郁情绪的背后正蕴含着一种深沉的力量，那是我们中华民族坚忍不拔、自强不息的精神。

艾青的诗就像艾青一样，坚韧，有骨气，直率又真实，让人情不自禁地赞叹。艾青的文字，每一撇一捺都在歌颂着他的时代，我们的历史。他的诗就像那个年代的剪影，悲壮而又动荡，展露出好似千军万马奔驰的磅礴气势。

这种对土地的深深眷恋，对国家赤诚的热爱，在中华儿女身上是生生不息的。

一百多年来，中国大地上血雨腥风，为了捍卫国土，捍卫主权，为了争取民族独立，为了人民自由幸福，有多少勇士，挺身而出，用他们的血肉之躯筑起一道道长城,把一腔热血洒在挚爱的中国大地上。

　　2019年底,新冠肺炎疫情暴发,病毒肆虐,那个时刻,不正是寒冷在封锁着中国吗?有多少英勇的逆行者,在没有硝烟的战场,和病毒进行殊死搏斗,挽救人民的生命于危难之中。他们不顾自身安危,甚至以身殉职,不都是为了让这块神圣的土地免受病毒的侵袭吗?

　　2020年6月,于中印边境冲突中牺牲的陈红军、陈祥榕、肖思远、王焯冉烈士,用生命书写了人生的誓言——我就是祖国的界碑!大好河山,寸土不让!"捐躯赴国难,视死忽如归"的信念早已镌刻在中华儿女的心上。

　　我爱这土地,这是所有中华儿女的心声。如今,这块曾经多灾多难的大地,已经焕发出了前所未有的蓬勃生命力,吾辈更当自强,不负时光,努力充实每一天;不负自己,不因懒惰而懈怠;不负青春,鲜衣怒马少年郎;不负这块土地,为之奋斗,为之歌唱!

 点 评

　　本文基调积极进取,昂扬向上,作者从《艾青诗选》中汲取养分,抒发自己的爱国情怀,表达将为这片土地不断奋进的志向,充满正能量。

亲情亘古永恒
——《傅雷家书》读后感

◆学校：嘉善县第四中学　◆作者：顾映骐　◆指导老师：王雅珍

看完《傅雷家书》后，忽觉此书甚重，重如泰山。为何？因为那其中蕴含着傅雷作为父亲沉甸甸的爱……

《傅雷家书》宛若一幅残破的古董画卷，故事是支离破碎的，却又处处藕断丝连，使我们能从字里行间窥见这对父子的生活剪影。爱子情切乃人之常情，而傅雷对儿子的爱却并不温情脉脉，他始终把道德和艺术置于首位，把舐犊之情置于次位。"做人第一，其次才是做艺术家，再其次才是做音乐家，最后才是做钢琴家"，这不光是傅雷对孩子的训诫，更是他自己从文数十载的原则。

傅聪继承了父亲的儒雅与刚烈。平日里的傅聪是儒雅的，通身洋溢着大师独有的亲和，而在傅聪的答谢音乐会上，他却发脾气了，说暴怒都不为过。原因是有人在音乐厅里大声地说话，不停地说话，肆无忌惮。傅聪原本在演奏，却侧过了脑袋，他在怒视。最终，傅聪抬起了胳膊，停止了演奏。他站了起来，来到了台前。他的脸涨得通红。因为没有麦克风，他大声喊道：

——请尊重音乐！

——你们再说话，我就不弹了！

艺术是容不得亵渎的。傅雷彼时已驾鹤西去，却仿佛仍站在台上。是的，他站在傅聪的骨肉里。如此，傅雷的教育算是刻骨铭心。傅雷的人格渗透在儿子的一言一行中，"傅聪延续了傅雷，傅雷成就了傅聪"。

"家书抵万金"，如此隽永，其情之切只有分居两地的亲人方能领悟吧。傅雷夫妇定是日日渴望着儿子的家信。傅聪在异国他乡的路上披荆斩棘，成就一番事业,与万里之外父亲的殷切指导分不开。在信里,傅雷父子如挚友相见,无话不谈,上至艺术、人生、道德,下至物价、别字、时间支配,包罗万象,都"郑重其事"地讨论、剖析、纠正。傅雷在信中多次督促傅聪写信、休息,不显烦琐,在信中的致歉更是情真意切。

现在的一些年轻人以发朋友圈来记录自己的生活点滴,他们的父母为知晓孩子的近况,跟上时代步伐,也玩起了微信,试图从只言片语中了解孩子。曾有这样一个故事:某年轻人在朋友圈发文曰"中了胶片的毒",新颖的措辞却令其父母着实紧张了一把,旁敲侧击地问他住院了没,身体是否抱恙,真是令人啼笑皆非。从此,他的朋友圈屏蔽了父母。其父母心绪之焦急,比之等傅聪来信的傅雷夫妇,有过之而无不及。很多年轻人多在夜深人静时对月思亲,朋友圈屏蔽父母也只是怕他们担心自己。但我们是否应该反思自己——为何父母对你的生活了解甚少,需要从朋友圈中提取信息?平素多一些反馈和对生活细节的报告,于父母而言多多少少是一种慰藉。

就像小时候我们憧憬未知的世界,逐渐老去的父母也对我们的生活充满好奇,或许一封长信——根本不必字字珠玑——就能让他们笑靥如花,宛如孩童。

傅雷的爱是深沉的。他在含冤服毒自尽之前,把当月的房租如数付清,他不愿连累任何人,哪怕自己的亲生儿子。

世间冷暖无常,只有亲情亘古永恒,《傅雷家书》折射出的道理颇多,此一点我认为最是令人感叹。

 点 评

亲情存亘古,家书抵万金。作者由《傅雷家书》联想到当代人与父母的沟通现状,呼吁大家要多和父母分享自己生活中的点滴,给父母带去一丝慰藉,具有现实意义,发人深思。

寒士声
——读《杜甫传》有感

◆学校：嘉善县第四中学　◆作者：占京　◆指导老师：许小红

狼烟四起，国家的危难、人民的痛苦，一切都让一颗赤诚的爱国之心澎湃；三吏三别，如泣如诉，又时刻高声呼喊着坚韧和博爱。"安史之乱"的到来和苦难中的人民使他的创作走向巅峰。

安得广厦千万间，大庇天下寒士俱欢颜！风雨不动安如山。

呜呼！何时眼前突兀见此屋，吾庐独破受冻死亦足！

杜甫一生坎坷辛苦，四处奔波，但他始终心系国家，忧国伤时，不忘那些因战乱而受苦的百姓。他的诗道出众生的心声，语言沉郁顿挫，饱含着鲜血和对统治阶级的期望与悲痛，深厚的文学功底和融入诗中的爱国忧思使杜甫的诗在盛唐诗坛中别具一格。

下笔如有神。

因为博爱，所以有神。

若石门路上的金樽"重开"，若经历了人生许多坎坷后的杜甫和李白再次相遇，那必定恍若隔世，却也只能一醉方休了。毕竟前途未卜，国家人民的命运如何都无从知晓，遍历人生悲苦，遇见许多家破人亡的惨剧，悲壮沉郁的情怀也只能通过诗歌直抒而出，却不能实质性地解决国家危机，何等无奈。

豪俊何人在？文章扫地无！语不惊人死不休！

杜甫工于诗，字字如珠玑，所写的诗气概万丈，滔滔汩汩。气势宏大，是由于诗人的心胸博大，广容天下苍生，有一番独到的情怀。别人登高楼，视野广大，思绪不绝如缕，不禁百感苍茫，忘却一切；少陵野老登高楼，触目凄茫，再高的楼也隔绝不了他对乱世众生的关怀。诗的相貌在于音律的工整协调,诗的灵魂在于有血有肉,在于不朽鲜明的神思。

朱门酒肉臭,路有冻死骨。

杜甫用满腔热血慷慨陈词,说出人民的心声,道出涂炭的生灵所经受的苦难,朱门中的王室贵族们,汝等可曾闻?

贫困,疾病,白发,它们都无法使潦倒的杜甫放弃。不管是无食无儿的妇人,还是征夫,天下苍生,都使杜甫为之慨叹。杜甫的诗中有人民,有天下,他的一生忧愁愤懑,也是必然。

无边落木萧萧下,不尽长江滚滚来。

少陵野老呵!

 点 评

本文言简意赅,文采斐然,诗句引用适时、得当,写出了杜甫的忧国伤时、心系百姓,全篇洋溢着对杜甫深切的崇敬与赞美之情,感人至深。

忠诚与救赎
——读《追风筝的人》有感

◆学校:海宁市长安镇初级中学　◆作者:吴香钰　◆指导老师:曹相

有人曾说,这是一部需要相信灵魂的人才有必要阅读的书。喧嚣的凡世湮没了万千真相,灯火明晦迷惘了多少行人,我畅读此书,只觉如沐春风,如遇甘霖,身心的浮华被洗去,洁净的灵魂永存。

生活在红尘的我们,都具有凡夫的禀性,就是:贪爱顺境,要来润泽自己;嗔恨逆境,恐怕损恼自己。在此书中,也是如此——少年阿米尔,终究逃不过人性的桎梏,在自私的枷锁中迷失了自我。

阿米尔,意气风发的阿富汗少爷,与他如影随形的,是他忠心不二的仆人,哈桑。然而,一心追求父亲欢心的阿米尔,却忽视了所有哈桑给予他的温暖,甚至从未将哈桑划入自己的朋友圈。

在一年一度的风筝赛中,阿米尔为博父一笑,拼尽全力,终于拔得头筹。在欢呼雀跃中,属于他的那只纸风筝,飘向远方。一如既往,哈桑向它奔去。哈桑知道,那是阿米尔的奖章,他的王冠,他的骄傲!怎料,天不遂人愿,那只风筝命运般落入了当地恶霸的手中。可即使是在重拳的威胁下,哈桑依然将风筝紧紧护在怀中。

当他将那只风筝献给阿米尔的时候,他不知道,自己被驱逐的结局早已注定。

阿米尔将哈桑被欺的那一幕目睹得一清二楚。包容罪的存在亦是一种恶。"为你,千千万万遍",在过去听起来如此温暖的话语,成了彼时阿米尔怎么也无法逃脱的枷锁——哈桑义无反顾的善良使他每时每刻如坐针毡,哈桑就像一面镜子清楚地倒映出他一切丑陋的背叛。为了让自己的心灵平静,他终于赶走了哈桑——以那样卑劣的方式。

阿富汗在战火纷飞中失去了往日的安宁与美丽,而阿米尔与父亲在不舍与留恋中背井离乡。身处异地,阿米尔似乎追求到了自己的幸福。

时光漫长无际,却又稍纵即逝,低吟浅唱之间,流年谢了芳华,沧桑斑驳了过往,前路漫漫,他蓦然回首,物是人非。

——当他再次回到阔别已久的家乡时,战火的荼毒已使这里民不聊生。当他见到自己童年时唯一的朋友,他们曾经的仆人时,那熟悉的名字再次从脑海深处解封,却是源于罪恶。哈桑,他最忠实的仆人,竟是自己同父异母的弟弟!而哈桑,早已如万千难民一样,在硝烟中遁去了。

痛苦与悔悟如潮水般涌来。岁月的流逝固然是无可奈何的,而人的逐渐蜕变却又脱不开时光的力量。一番踌躇后,他,踏上了寻找哈桑的儿子——他的侄子索拉博的路。

一路追寻的困顿,一路成长的历程。末了,阿米尔像哈桑为他做的一样,为索拉博追寻那只风筝,千千万万遍。

这是一个救赎的轮回,奉安拉之名,皈依内心善良的冲动,洗刷先前的罪恶,在拯救他人的过程中拯救自我。

我想,阿米尔是幸运的。虽然,他曾背叛忠诚,但他最终冲破了重重艰难险阻,摆脱了条条镣铐,追求了灵魂的救赎。

《追风筝的人》描述的不仅仅是阿米尔的成长与蜕变,也隐隐地投射出那么一群人。

阿米尔的童年在追逐父亲的赞赏与认可,而如今,霓虹扑朔,灯影交错,我们又在追逐什么?在坚守什么?我们无法从茫茫人海中找到自己的定位——是川流不息的人潮隐匿了我们,还是永远不知满足地奔跑着追逐功名利禄的我们抛弃了自己的灵魂?疲劳而麻木的神经使我们很少这样反思自己了。而当我们发现时,或许我们的灵魂早已锈迹斑斑,腐朽不堪了吧。

我们总在形形色色的追求中忘记了始终对自己忠诚的人,把他们的无私奉献视作理所当然,甚至总在不经意之间触碰他们的伤疤。

看着这本书,我想起了自己。当我在乐滋滋地享受着父母所给予的一切时,是否想过他们还在为柴米油盐而奔波?当我在信口索要时,是否想过他们有着怎样的需求?当我在不分青红皂白与他们争吵时,是否将心比心想过他们的良苦用心?当我在为自己早早地做远飞的打算时,又是否想过要给他们的将来提供一张保险单？是的，没有。

四季变更，冷暖交替，父母对我们的忠诚从未动摇，而我们却常常践踏他们的好意。这，就是背叛！

人生就是一段长长的旅途，沿途风景或者秀美，或者壮观，崇山峻岭，急流险滩，要静静走，慢慢走。若是掉入某个猎人设下的陷阱，无人拉扯，一生也只能在黑暗中度过了——而这本书无疑是伸向我的援手，拯救了我一步步下滑的思想。

当然，何来人间一惊鸿，只是世间一俗人。我们都不过是沧海一粟，人非圣贤，孰能无过？我们总是不可避免地犯下或大或小的过错，而每每这时，有人逃避，有人放弃，也有人选择承担和弥补！逃避是懦弱者的行为，放弃是不负责任的表现，只有勇敢面对，主动补救，才是正确的选择！而这机会总在不经意间与你不期而遇，转瞬即逝，因此，我们应牢牢抓住自我救赎的机会，为自我灵魂的解脱拼尽全力，做一个善良的人。

岁月如河，悠悠流淌，穿过了沧海，漫过了桑田，有人的星宿在黯淡的轨迹中缓缓陨落，有人的星宿于云烟中渐渐明朗，莫忘在不断的追寻中坚持自我，莫忘对忠诚于你的人心怀感恩，莫忘在酿就错误后及时救赎，莫忘——永远守护灵魂的干净如初！

 点 评

本文作者对《追风筝的人》有非常深刻的领悟，与实际生活相联系，抒发了自己的感想与见解，文章文采颇佳，行文流畅自然，富有哲思。

有一种魔法叫作爱
——读《灯塔男孩》有感

◆学校:嘉善县第四中学　◆作者:赵妤欣　◆指导老师:单迎春

这个暑假,我读了一本名叫《灯塔男孩》的书。这本书篇幅不长,大约十二万字,但它蕴含的道理却深深拨动了我的心弦。这本书是如此神奇,书中的文字仿佛能够穿透一切,直达你的灵魂深处。

本书的主人公是一个名叫小吉尔莫的孩子,他明明是一个九岁的小男孩,却只爱与女孩玩耍,长大后的梦想竟是成为仙女玛丽,这成功引起了他的老师索尼娅的注意。索尼娅与小吉尔莫的父亲安图内斯先生见面后,与他谈了谈小吉尔莫的事,并决定让小吉尔莫每周四去见一见学校的向导玛利亚。玛利亚是一个温柔的心理辅导师。在她的不懈努力下,谜团终于被解开了。

原来,小吉尔莫就像一个灯塔的守护者,他是那么天真快乐,却又安静孤独。在他的心中有一个根本不存在的妈妈,他不仅接受了他母亲阿曼达的死亡,还在小心翼翼地守护着一个失意的父亲。他的心里装着许多想法,却都无法与自己的父亲分享,而他的父亲也为了不让小吉尔莫伤心,没有告诉他母亲已经去世这个事实,但他并不知道,其实小吉尔莫早已知道了真相。于是,小吉尔莫便躲进了魔法中,选择用魔法来治愈自己。

究竟是什么,让一个年仅九岁的小男孩心理强大到如此地步?我想,是他对父亲的依赖和爱,他不希望自己在失去了母亲后,父亲也离开他,使他变成真正的孤儿。他毕竟只是个孩子,他的世界是那么纯净,而不像成年人的那般千疮百孔。在他的眼里,魔法能抚平一切伤痛。那么,他的父亲难道不爱他吗?不,他为了小吉尔莫做了很多事:他写好每周四的来信,假装是母亲阿曼达写来的,他花好多时

间在电脑前假装和她对话……

  这是一个童话般的故事,其实它完全可以总结为一个字,那就是——爱。这个故事使人更加相信爱的存在,并且告诉人们,爱能像魔法一样将人治愈。在现实生活中,也有许许多多如小吉尔莫一般的孩子,父母的分居或者其中一方的离开,都会对他们造成极大的伤害和影响。孩子也有自己的内心世界,需要用更适合的方式呵护。面对突如其来的伤痛,成年人更应该做出榜样,而不是一味地回避残忍的现实。对于像小吉尔莫这样的孩子,我们应该用一颗善良的心去给予他们更多的关怀和希望,而不是忽视孩子们的纯真,使他们的内心变得更加孤独,黯淡无光。

  在人生的海洋里颠簸,有时一阵突如其来的巨浪会将你冲回原点,但每个人都有自己要走的路和要抵达的远方。你要相信始终有一座由爱汇成的灯塔,给你带来希望,照亮你的人生之路。

 点 评

  文章行文流畅自然,用较为简洁的语言向读者介绍了《灯塔男孩》的故事梗概,并用充满哲思的语言抒发了自己阅读后的感受。结尾点题,突出文章中心,升华主旨。

一蓑烟雨任平生
——读《苏东坡传》有感

◆学校:嘉兴市洪兴实验学校　◆作者:严子蒙　◆指导老师:史建琴

我眼中的苏东坡,有"人生如梦,一尊还酹江月"的豪情万丈,有"莫嫌荦确坡头路,自爱铿然曳杖声"的超然洒脱,有"料想春光先到处,吹绽梅英"的高洁操守,也有"天涯何处无芳草"的豁达乐观。

他满腹经纶,随手一写便是千古名作;他才华横溢,年方二十便能得欧阳修的赞赏;他正直无私,一生锄奸扶弱,除暴安良。他是诗人,是学者,是从不怨天尤人的乐天派,是永不向黑暗势力低头的反抗者。他是不幸的,一生都奔走在坎坷和挫折中,被打压,被贬职,他因反对变法含冤入狱,他因敢想敢说而遭到敌视,经历无数次的起起落落,无数次的大喜大悲。但他又是幸运的,他有无数成就,他被黎民百姓尊敬、信任,他有不离不弃的友谊,他有笑对人生的潇洒,他能在人生的波澜中始终如一地坚定自己的信念。他有着无比伟大的人格。

即使他无职无权,依旧写下"如今衰老俱无用,付与时人分重轻";纵然他颠沛流离,仍感叹"竹杖芒鞋轻胜马,谁怕?一蓑烟雨任平生"。他身上最大的魅力,莫过于历尽千帆,而从不纠结于得失,反在浮浮沉沉中以"无为"之心行"有为"之事。他是苏轼,亦是东坡居士。

我沉醉于他的洒脱不羁,沉醉于他的不慕名利,沉醉于他仿佛天生就刻在骨子里的不愿向现实低头的气节。每了解他多一点,就会多被这个文人身上闪烁着的个性所吸引一点。

如林语堂所言,苏东坡像"一阵清风度过了一生"。确确实实,他两袖清风,过得潇潇洒洒,无所羁绊,倒也过得快活。他比任何人都过得安逸,这份安逸不是无所事事,而是虽一生清贫但一生坦荡,他的心中没有奢靡的荣华富贵这种过眼云烟,有的只是"想做的"与"应做的"。

现如今,像他一般的人少之又少,每个人身上都或多或少有他的影子,但鲜少有人能真正成为他。有人为了权势不择手段,有人整日虚伪阴险,阿谀奉承,有人一遇到磨难便自艾自怨,止步不前……无数人在坎坷中倒下,只有小部分人能在逆流中站稳脚跟,而这小部分人,必将有大收获。

浴火不灭,方能涅槃重生。你所经历的一次次磨难,都将给予你巨大的收获,你所要做的,就是时刻保持本心。——这是东坡先生教给我的足以受益一生的启示。

 点 评

文笔优美,行文生动。作者文学功底深厚,引经据典中写尽苏轼坎坷、不平凡的一生,细致描绘了苏轼豁达开朗、积极乐观的人生态度,令读者印象深刻。

闻一曲，道出严父慈爱心
——读《傅雷家书》有感

◆学校:海宁市第二中学　　◆作者:顾佳晓　　◆指导老师:张晓红

　　一曲"又是谁，像一枚指南针，告诉我做人不偏离半分"道出父亲的良苦用心，一首"无父何怙，无母何恃"道出父亲的含辛茹苦，一句"父子之情在心，而不在于血肉关系"道尽了父子的心灵相契。而有一本书，将父子之情刻画得淋漓尽致，那便是《傅雷家书》。

　　每每想起傅雷与傅聪那血浓于水的父子情，心中便有一股春潮般的暖意。对于傅雷来说，傅聪便是骄阳之子，闪耀着光与希望；对于傅聪来说，傅雷则是霞光万道的炎阳。这位亦师亦友、兼严父与慈父于一身的伟大父亲究竟给予了儿子怎样莫大的力量？

　　俗话说得好，"严父出孝子"。傅雷对儿子可谓无微不至，事事都要求严格甚至完美无缺，大及国家社会，小至待人接物的礼节。信件中有许多封是对儿子的千叮咛万嘱咐。"你既没有忘怀祖国，祖国也没有忘了你。""祖国的大门是永远向你敞开的。"言简意赅的两句话却向儿子传递了浓浓的爱国情怀。傅雷常常与傅聪谈及爱国情怀，向他传递着炽热而真挚的满腔爱国情。"赤子孤独了，会创造一个世界，创造许多心灵的朋友。"傅雷一语道尽了交友之道中至关重要的一点——心意相通。可见傅雷在交友及心理方面也时时刻刻指导着傅聪，也可见傅雷与许多父亲一样，望子成龙之心迫切。在事业、学术方面，他更是尽心竭力地为他指明前进的方向，无处不为其出谋划策。还有什么能更好地印证这比山高比水深的父子情呢？

　　虽说傅雷处处严格地要求着儿子，但他也有仁慈和蔼的一面，时常与儿子谈

心交流,为傅聪排忧解难。

"万爱千恩百苦,疼我孰知父母?"此诗句描绘出了傅雷那和蔼可亲的慈父形象。仍记得《傅雷家书》中有一封信便写傅雷忍痛将儿子送往他乡读书求学。心中有万般不舍,之后更是彻夜难眠,连夜写信关照孩子,遍及生活的方方面面,除了经济、理财,还有就餐礼仪,都为儿子细致地讲解。那几夜,他忘却了疲惫与艰辛,将所有爱与关怀都倾注在傅聪身上。傅雷对傅聪的关爱是无私的、无限的,更是无价的。他不顾政治动荡时期的危险,也要用书信,跨越山与大海,将思念化为日月星辰,将饱含关怀的书信送往儿子手中。这温馨和睦的父子情怎能不让人备受感动?

《傅雷家书》中的父子情如山间潺潺清溪,如碧空中舒卷的白云,如海上自由翱翔的海鸥,如无瑕的白璧,如晶莹剔透的玛瑙,是那样的纯真,那样的质朴。一封封家书将严父、慈父与孝子展现得淋漓尽致,是那真挚父子情的见证。

恍惚间,我情不自禁地想起了,那无惧风雨,无时无刻不陪伴在我身边的父亲。不管是贴心的关怀与问候,还是严厉的过庭之训,抑或是三言两语的叮咛,皆如春风随细雨,似日月伴星辰。我又怎能不深深铭记那句句殷切教诲?我又怎能不感激父亲的养育之恩呢?父子情,坚可碎石,贵攀翡玉。

闻一曲《我的父亲》,道出慈父兼严父;阅一本《傅雷家书》,品味真挚父子情!

 点 评

本文文采颇佳,诗句引用恰到好处。作者对《傅雷家书》有着非常细腻、深刻的感触,情感丰富而真实,让人再一次领略其中真挚的父子情。

一条永不枯竭的河
——读余华《活着》有感

◆学校:元济高级中学　◆作者:严梓莱　◆指导老师:王建君

> 尽管智者深知黑暗终将到来/尽管他们的话语无法再迸发出闪电/……/在这悲哀的山巅/请用你的眼泪诅咒我、祝福我/不要温和地走进那个良夜
>
> ——狄兰·托马斯《不要温和地走进那个良夜》

视线模糊在一片深蓝之中,思绪恍若在黑夜里溺水求生,暗流穿越幽深的海底,奏着无人能懂的弦歌,只有沉没的岛屿一般的鲸鱼发出孤独的共鸣。深渊垂眸凝视着每一个人下沉的背影,而我们的眼睛,却看到乳白色的月光千里奔袭,刺穿了平静海面。

"从我们这边望出去,海是黄色的,每次我看到它,我都有一种欲望,想要顺着海流游出去,直到它变蓝。"——这就是余华《活着》的封面给人的感觉,不加任何缀饰,这也是"活着"。

曾有人说,"这是一本完全不需要书签的书",正如卢西奥所说,"停不下来也不想停下"。这个故事携着历史的沉重和冷静扎进了每一个阅读者的心里,是阵痛,是钝痛,是生活中一切苦难的余痛,在跟着心脏怦怦跳动,痛在血液里奔涌,痛在骨骼里生根,痛得辗转反侧,痛得死去活来,可是我又觉得,这样压抑而直击心灵的痛,这样鲜活而不加修饰的痛,才让人从未如此清晰地感觉到,自己活着。

美国《华盛顿邮报》这样评论道:"《活着》是不失朴素粗粝的史诗,斗争和生存的故事,给人留下了不可磨灭的残忍与善良的形象。"

经历了从国民党统治后期到解放战争、土改运动、大炼钢铁运动,再到自然灾

害时期,他曾是地主家不知事的少爷,他曾有良田百顷和深宅大院,他曾有家财万贯,吃过山珍海味,他曾有温婉端庄的妻子和活泼可爱的孩子,他曾生活美满了无遗憾。

孔尚任的《桃花扇》里,老艺人苏昆生放声悲歌:"眼看他起朱楼,眼看他宴宾客,眼看他楼塌了。"

他的百顷良田和深宅大院朝夕间在赌博中被输了个精光,最终只能吃糠咽菜。他又目睹出生入死的战友、温婉贤惠的妻子和活泼可爱的孩子被时代的洪流裹挟而去,一去不返,仅剩一头老黄牛陪伴他。最后的最后,时间的尽头,老人和老黄牛也在苍茫的暮色中渐渐消失,土地袒露着结实的胸膛,就像女人召唤着她的儿女。

也许,在旁人看来,他曾拥有一切,到最后,一点一点地,像是风吹走掌心的流沙,可直到全部失去,他依旧虔诚地伸出如树皮般粗粝的、纹路深刻的手掌。他像是经年干旱的贫瘠土地,连杂草都不屑生长的龟裂地表,就算只是下了一场春夜的冻雨,他依旧会在天地间感激和哭泣。余华在书中这么描述他和像他一样的人们:"他们脸上的皱纹里积满了阳光和泥土,他们向我微笑时,我看到空洞的嘴里牙齿所剩无几。他们时常流出浑浊的眼泪,这倒不是因为他们时常悲伤,他们在高兴时甚至是在什么事都没有的平静时刻,也会泪流而出。然后举起和乡间泥路一样粗糙的手指,擦去眼泪,如同掸去身上的稻草。"

被命运碾压过才会懂得时间的慈悲。社会底层的乞讨者就不会相信神明吗?他们没有信仰吗?不,他们只是虔诚地想要——活着!

他便是故事的主人公,徐福贵。在书的最后,他唱道:"少年去游荡,中年想掘藏,老年做和尚。"也许这就是罗曼·罗兰所谓的英雄主义,我们生来就卑微如蝼蚁,渺小如尘埃。所谓悲剧,就是把美好的事物毁灭给人看。一个一个悲剧堆砌起福贵的生活,接踵而来的密集的苦难串成了他的一生,他孤苦伶仃、穷困潦倒——他好像已经没有什么理由活着了。可他选择活着,他依旧活着。在外人看来是悲剧,可当事人只拿它当一段人生——和我们一样的、起起落落的人生。

福贵的妻子家珍曾对儿子春生说:"春生,你要活着。"你要活着,就算你立于悲哀的山巅,就算你被狂风暴雨洗礼,就算你失落、失望、失掉所有方向,你也要活着。以笑的方式哭,在死亡的伴随下活着。延续生命本身就是一件艰难的事,正因为艰难,活着才有意义,正因为痛,你才活着。

曾有人问道:"这个世界对我究竟是有情,还是无情?"

有人回答:"世界不认识你,它是无意的。"

人是为了活着本身而活着,而不是为了活着之外的任何事物而活着。"活着"这个词的力量,不是来自声嘶力竭的呐喊,不是来自张牙舞爪的进攻,而是"忍受",忍受生活赋予我们的责任,忍受现实给予我们的幸福与苦难、无聊与平庸、混乱与荒唐。

不要温和地进入那个良夜。故事中的主人公,他还活着,因为他的爱没有死,他的爱和他的痛都将伴随他直到生命的尽头。生活再苦难,也不要弄丢自己的生命,不要弄丢自己的爱——顽强地活下去,活着,本身就是一种精彩,生命终究不该被辜负。

溯夜而行的朝圣者,守着孤灯的苦行僧,人生如逆旅,我亦是行人。

台下人看的是台上人的云散萍聚,台上人演绎的是台下人的悲欢离合,这就是那个时代的变迁,那个社会的悲剧。生活苦过余华的笔,人却坚韧过超出自己的想象。我们为什么活着?这个问题从来没有标准答案,所以,要用我们的一生去追寻。不论是否经历,苦难都在那里。历史赋予生命脆弱,神明以痛亲吻世人,我们依旧撞破南墙不回头。只是因为期待重逢,我们依旧赴汤蹈火;只是因为尚能够心动,我们依旧负夜而行;只是因为还怀存星火,就算只是白日做梦,孤独者也见人间烟火。

泥沙俱下的世界里,人们向死而生,苦难教会我们如何活着。

时间是一首永不停止的歌,生命是一条永不枯竭的河。

 点 评

本文的小作者透过余华的《活着》为我们讲述了"时间是一首永不停止的歌,生命是一条永不枯竭的河"。其一,思想深刻。小作者对《活着》进行了深入的剖析,联系自身和现实,表达出较深刻的思想性。其二,底蕴深厚。开篇用狄兰·托马斯的话引入,文中适时地穿插《活着》的故事情节,并做深入的分析,还引用美国《华盛顿邮报》的评价、孔尚任《桃花扇》中的唱词,文采斐然。结尾总结全文,升华主题。

晨光熹微，心向往之
——读《隐》有感

◆学校：嘉兴市第四高级中学　　◆作者：郁李莉　　◆指导老师：陆一琴

正如赵松先生所说，"隐"是一个在搜索中缺乏识别度的字。藏匿、神秘，就像光未盛的样子。然而晨光熹微却是最抓人的一瞬。浓雾消散后的朝堂、现实与真实，是否真正闪烁而令人心向往之？

朝堂的主人，拥有至高的权柄，向来受人追捧。公子朔成了万众瞩目的王。史书上说他为夺太子之位诬告公子伋，造成了伋的悲剧。而其兄长公子寿也意外蒙难。朔便如愿以偿，继承了王位。

《隐》取材于《左传》。书中便有以朔的视角叙写的新的故事。勘破朝政虚无的朔，深知自己被困于"卫国"这个巨大容器中。他知道卫国不是他的，谁的都不是。它只是将这些人暂时装进来。所以继承了王位又代表什么呢？容器中的人们并不信服他，甚至讥讽他。因为他们眼中的君主是个彻头彻尾的恶人。公子朔的利益建立在他人的悲痛之上，他成了王，也成了笼中鸟。他并不为之高歌。

这种被困于迷雾之中的绝望与无奈也同样发生在书中处于现实世界的"我"的身上。现实世界中的这个年轻人有较严重的心理问题，这使他与真实世界严重脱轨。他只能活在那个扭曲的幻想空间中，才得以有精神寄托。因为现实的权力、资本将他重重围困，外在事物成了庞然大物。他也是难得自由的飞鸟。

权位、臣服，这些属于那个时代的王，却成了囚禁朔的锁链。想来，现实有多冰冷。

蔚蓝之海的边际是岸，有良田、美池、桑竹之属。这是梦境中的桃花源。而现实是吃人的无尽深渊。烧灼，剩下抓不住的灰烬。渺小，不及尘埃。

这些统统不是我们所要的。如果被外在的尘埃覆盖、掩埋,负重的东西终会成为附骨之疽。到那时再谈什么向往、追求和自由,倒真成了邯郸学步,沦为笑柄。

随着认知的扩散,我们深知这必定不是个非黑即白的时代。这便能轻易将我们困于由竞争、攀比、压力、抱怨组成的外在。我们到底该放任撒手,任其野蛮生长,还是该连根拔起,趋利避害?或者,我们是否有勇气与之抗衡,破开生门,与之呐喊?

永远是未知的未来,该怎样预判?

善恶、美丑,奖励与代价、和平与杀戮,它们矛盾、共生、守恒。有外在的束缚,就必定有内在的自由。当我们被拖得寸步难行时,也许恰是因为内在不够强大,而束缚与自由矛盾、共生、守恒,那么藏匿在身后的自由永远存在。只是负重的大脑无意识地靠近滚烫的牢笼,试图卸下疲惫不堪,却不知这才是愚不可及。

纵使希望之春如晨光熹微,却仍然存在于意料之中,足以抵挡绝望之冬和意料之外。因为我们生而自由,心存自由,且向往自由。莎士比亚曾说,永恒之夏不会褪色。那么即使是微弱光线一点一点地汇聚,希望之春也会有万丈光芒,而外在的滚烫牢笼会褪色,它终会任由甘泉、光明和微风撬开紧闭的锁。

当我们真正不拘于"外在"的压迫时,便能预判它的预判。如此,也许公子朔就不会身处适者生存的漩涡中喟然长叹,年轻人就不会溺于幻想空间的暗流处颠沛流离,我们就不会困于世事无常的须臾间摇摇摆摆。

在未知的未来,我们该用"真实"预判。

我所见的高三,是苦的。学习生活的压力就横在他们的出口。我印象颇为深刻的,是收到过一封来自高三学姐的信。那时距离高考仅剩二十八天,她感到焦虑和无力,就像一脚踏空,周遭是云雾,她看不清真实。可她还是选择前行。因为她渴求的未来就在出口。跨过去,黎明就将到来。而后,她抓住了她的真实。

即使在万里之遥,存在和时间也会证明——浓雾消散后的真实仍旧闪烁而令人心向往之。我们坚守的初心、理想和未来,这些预示着开始的港湾,终会出现在向往的彼岸。

"隐"处的光未盛的晨曦,就像被外在事物困扰时内心的一点星星之火,那是心之所向,是我们要找寻的真实。

它终会燎原。

不甘沦为平庸,不甘被"外在"操控,因为我们生而自由。

心向往之,即便晨光熹微,终会爆发成火。

 点评

本文作者认识深刻,表达成熟。作者以"浓雾消散后的朝堂、现实与真实,是否真正闪烁而令人心向往之""永远是未知的未来,该怎样预判""在未知的未来,我们该用'真实'预判"这三句话将全文有机串联起来,语言沉稳大气,思考理性辩证,具有很强的说服力。

 书海拾贝

我们躲避过度的崇高,是为了复现人性的本来的面目。认识了人性的怯懦与卑下,我们才懂得包容和悲愤,再踏实地谋求个人道德上的进步和完善,而不是反其道而行,奉怯懦卑下为理想。

——梁文道

生的信徒
——读《活着》有感

◆学校:元济高级中学　◆作者:朱昊彧　◆指导老师:付玲

合上了书,那些微黄书页上的倾诉一阵阵向我涌来,我不禁闭上了眼,放空自己,沉入幻想的深渊。

"人是为了活着本身而活着的,而不是为了活着之外的任何事物所活着。"

真的是这样吗?我想,对于那个活在动荡又贫穷的年代的福贵来说,是这样的。因为好赌,赔上了一整个家的积蓄;父亲因此含怨而终,儿子为救县长夫人被抽血过度而在医院离世,妻子因软骨病而无法动弹,女儿因为难产死在了同一家医院,女婿被水泥板压死,外孙也因为难得的一顿好饭——豆子而噎死。经历了一次次的白发人送黑发人,福贵并没有被苦难击溃,只是在死亡的常伴下活着,没有怨言没有灵魂却坚韧地活着。

而这不仅仅是福贵一人的"活着",他是时代的缩影,是这片土地上千千万万怀有同样信仰的人的缩影。他们仰赖于时代,却也受制于时代,他们从出生就伴随着沉重的使命,是劳累的农活,是一家数口嗷嗷待哺的嘴,是被生活压弯了的脊梁,没有人告诉他们思想是什么,这种虚渺的东西还不如一个红薯来得实在。他们是时代的一粒尘埃,但却有着最真实有力的生命的力量。他们承受着来自"活着"的苦难,却也怀着"活着"的信仰日复一日地生存着。即使他们的活着只是为了活着,但他们表现出来的对生命的尊重与坚守,也让我觉得他们是生的信徒,是坚强的歌者,是土地对于生命的礼赞,是值得来这世界看一看的时代的勇者。

而当今世界呢?

我认为不仅仅是这样,活着是为了活着之外更多有价值与有意义的事情,于

个人,也于国家。

福贵身处的艰难的时代使他的"活着"成了一种生存本能,是对于唯一能够争取的生存空间的斗争,他的时代使得"寻找个人的存在与生命的真实"成了奢望,而如今这灿烂又包容的时代使这一切都成了可能。

而这恰恰是汪曾祺老先生一生的探寻。"我所谓的'清香',即食时如坐在河边闻到新涨的春水的气味,好想尝尝。""都说梨花像雪,其实苹果花才像雪。雪是厚重的,不是透明的。梨花像什么呢?——梨花的瓣子是月亮做的。"汪老先生的活法是温柔又闲适的,透露出一股淡淡的忧伤与明快夹杂之感,对在世俗中挣扎的人来说,像一汪清冽又悠长的泉水。他的活着,带着人间的烟火气,也有着自己独特的想法与味道,故而他笔下的人间让我觉得不虚此行,这也是对生命的另一种诠释吧。那是一种淡然品味人间百态的悠然恬静,是纵享美食美景美情的清新与雀跃,是对一种跃动的生命的新奇与探寻。这些人间烟火的点燃,让活着变得美好,变得温情。而此时,因为被赋予了寄托与热爱,为自己想要的而努力的心情也愈加浓烈了。毫无疑问,活着是需要活着以外的事情去点亮的。这样的活着才是为了自己而走心地活着。

如今的时代,高科技大楼林立,GDP日渐攀升,中国走出了枪林弹雨,走出了满目疮痍,走向了幸福安康,走向了月朗风清。人们的需求早已不再仅仅是单纯的温饱问题,还包括"生存还是毁灭""如何活得幸福""如何成就大我"这类意识层面的对话。这样的时代已经完全不同于福贵的时代,那个凄惶的时代使得福贵只能挣扎于苦难,无法也无从与命运和解,要么斗争,要么淹没于时间。而身处如今这个"大有可为"的时代,积极融入它已然成为中国人民血脉里的基因,成为家国情怀的一部分。而这,也造就了无数有志向、有创新力、能为祖国担大任的时代新人。

可以说,是这个大有可为的时代造就了他们。

袁隆平爷爷就是其中一个闪闪发光的标杆。袁爷爷的活着无疑是崇高而伟大的,他为中国培育出了杂交水稻,让更多中国人民甚至世界人民得以吃饱饭。他说他有两个梦,一个是禾下乘凉梦,一个是杂交水稻覆盖全球梦,这是一种"为天下百姓之幸福而幸福"的仁德胸怀。但如果,袁爷爷生在一个连生存都无法做到的年代的话,他就无法去做这些需要人力物力高科技支撑的梦了,毕竟连活着都自顾不暇了,又如何去兼济天下呢?而如今这个时代,却能够让导弹升空,让人们遨游太空、畅游海洋,让石墨烯的超导性被发现,让国歌一次次地在国际赛场上响起。这个美好的时代,赋予了"活着"更多更宏大的意义,让生命的价值被更多人挖掘。此时,活着已然不再仅仅是活着,活着已超越了个人的活着。

"生的信徒"不仅仅要有"由死而生"的坚韧与执着,还要有"因生而生"的爱的能力,更要有"为国而生"的责任与担当。

这个时代的一切有始有终,能支撑起所有的理想和生活,这个世界灿烂盛大。我张开久阖的双眸,望着午后使空气中尘埃跃动闪烁的温暖的阳光,桌上的红茶热气氤氲。做一个"生的信徒",哪怕是再苦难的命运,也一定有值得怀念和感到幸福的时刻,而这正是我们活着的意义。

 点 评

余华的《活着》是值得高中生阅读的一本书。小作者娓娓道来,讲述了福贵的"活着"是时代的缩影,引用了汪曾祺老先生的"活法",进而引出"时代造就了他们",而袁爷爷的故事就是最典型的代表。最后,水到渠成地点出我们活着的意义——"做一个'生的信徒',哪怕是再苦难的命运,也一定有值得怀念和感到幸福的时刻"。行文逻辑严密,语言张弛有度。

红船精神永流传
——读《红船精神》有感

◆学校:嘉兴市第四高级中学　◆作者:高宇暄　◆指导老师:杨薇

有这样一群人,抛头颅、洒热血,为探寻救国图强之路前仆后继、浴血奋战;有这样一艘小船,承载千钧,播下中国革命的火种,开创中国历史新纪元;有这样一种精神,开天辟地、敢为人先,坚定不移、百折不挠,立党为公、忠诚为民。

翻开《红船精神》这本书,透过薄薄的泛着墨香的书页,我仿佛回到了那个风雨飘摇、天下汹汹的年代,听着那令人战栗的大炮声在耳畔轰鸣回响,看着那胸怀救国大志的共产党人几经磨难,几经风雨,逆水前行。在这本书里,我不仅了解了历史,更学会了展望未来。

扉页翻过,展掩之间,君可见,陈家父子一门三杰,陈独秀对两个孩子采取"自创前途"的培养方式,连家人和朋友都多有责怪,但陈独秀仍坚持"少年人生,听他自创前途可也"。陈氏兄弟坚持不向家庭索取,在艰苦的环境中磨炼自己,后来受新文化运动思潮影响投身革命,成为"父子委员"。他们在那段激情燃烧的岁月中,用自己的青春和生命为民族、为国家奔走呼号。父子三人在实现自己初心和使命的过程中,展现出无数共产党人共同的精神——开天辟地、敢为人先的首创精神!

君可见,八角楼的灯光彻夜长明,毛泽东同志就着一盏只燃着一根灯芯的青油灯伏案工作至深夜,这是照亮了民族前程的伟大精神——坚定不移、百折不挠的奋斗精神!

君可见,钱学森、邓稼先隐姓埋名远赴戈壁,呕心沥血,在恶劣的环境中无数次进行着危险又毫无前人经验可借鉴的实验,最终打破欧美"核垄断",实现了"两弹一星"的中国梦。这是挺起民族脊梁的忘我精神——立党为公、忠诚为民的奉献精神！

如果奇迹有颜色,那它一定是中国红！

蓦然回首,"红船精神"已引领人们阅尽华夏百年风华,不断带领人们夺取新的胜利。改革开放,翻天覆地,以邓小平同志为代表的共产党人从包产到户、开设经济特区到建立中国特色社会主义市场经济制度,不断攻克难关,带领人民迈上新生活的台阶。西部大开发、脱贫攻坚战,几代共产党人接力奋斗,坚持开拓创新、为民服务的精神,扛起为人民谋幸福,为民族谋复兴的大旗,实现全面小康的梦想,缔造了一个又一个让世界叹为观止的奇迹。

秀水泱泱,红船依旧。我们生于红旗下,长在红船旁,乘着浩荡的春风,以奋斗之姿书写新的时代传奇。这个拥有十四亿人口的世界第二大经济体在庚子年全球性新冠肺炎疫情蔓延时,临危不惧,无数仁人志士肩负起责任,逆行向前,身患渐冻症的张定宇院长以身作则,始终如一地站在最前线和时间赛跑;在辛丑年的浩大洪灾中,中国也没有畏缩不前,战士们不辞辛苦,站立在抗洪一线,救援大队教导员陈陆辗转五个乡镇,连续奋战,用生命守护国家和人民。正是因为有这些人,才使得中国这苍天一隅,这长城内外的百万疆土能够山河无恙、国泰民安。

这些奋斗者的存在就是"红船精神"真谛的诠释。

"红日初升,其道大光。"从积贫积弱的"东亚病夫"到巍然屹立的"东方巨龙",从筚路蓝缕、一穷二白到高楼林立、全面小康,从一无所有到"嫦娥"探月、"北斗"高挂、"蛟龙"遨游、"鲲鹏"展翅……

目光所至皆为华夏,五星闪耀皆为信仰。作为新时代接棒者的"00后",我们应积极参加志愿者活动,用自己的方式勇敢地站出来,用行动来书写自己的青春年华。新时代,于你,于我,于所有青年,都应牢记"红船精神",不忘初心,牢记使命,奋发图强,砥砺前行。

 **点评**

　　这篇文章对"红船精神永流传"进行了多维度的富有思辨性的分析,视野广阔,语言老练,逻辑严密。小作者笔下充满了正能量,令人振奋。"目光所至皆为华夏,五星闪耀皆为信仰",充分体现了"00后"的朝气蓬勃和勇于担当,牢记"红船精神",伟大的祖国一定会更加强大。

 **书海拾贝**

　　与孩子是不能谈童年的,与耆老可以谈暮年,而与少壮者是否更值得谈谈青春的宝贵,身在福中不知福则未足以论福,身在青春中,知青春之所以为青春,那么活力与光辉自会陡增一倍,当然更不致自误或被误导。

——木　心

浮生如梦,芳菲几许
——《成长的哲学课:自我与人生的思考》读后感

◆学校:嘉兴市建筑工业学校　◆作者:王怡文　◆指导老师:龚政豪

读毕掩卷,思绪万千。我不由感叹,哲学是人生的精华,而人生就是哲学。

我非常喜欢白落梅老师的一段话:在这喧闹的凡尘,我们都需要有适合自己的地方,用来安放灵魂。也许是一座安静宅院,也许是一本无字经书,也许是一条迷津小路。只要是自己心之所往,都是驿站,为了将来起程时,不再那么迷惘。

确实,人间万家灯火,比不上心灯一盏。

我抱着郑重而又好奇的心态翻开了书本。书分十二个篇章:思考、学习、语言、时间、人生、自我、自由、善恶、死亡、自杀、宗教、恐惧。简简单单的二十四个字,让我感觉仿佛贯穿了整个人生。

读完第一组"思考、学习、语言、时间"的时候,我不禁开始反省自己这十几年是否真的"学习"了。《思考》篇中的"思考三式"、《学习》篇中的"为学四戒"、《语言》篇中的"语言图像"、《时间》篇中的"二律背反",都让我大开眼界。《论语》中的"学而时习之,不亦说乎"大概从小学就印在我的脑中了,那个时候便开始知道,学过的知识要重温,才能够更加熟练地运用,也是从那个时候就知道,对待学习,一定要有认真严谨的态度,才能在学习时事半功倍。可现在,我想问自己一个问题:何为学习?难道我囫囵吞枣般看完了一本书,就是学习了吗?我觉得,当我把学习固定在书本上时,已经限制了学习本身的含义。学习不单单只存在于书本上,更应该在生活中。

学习是一个途径,它能够让我们去认识,去思考,去表达,它能够解答我们在生活中遇到的困惑,解决我们在生活中遇到的麻烦,这才是学习的真正含义吧。

　　思考和学习都需要通过语言,思考和学习都需要时间,而思考和学习两者本身也是相辅相成的。正如孔子所说:"学而不思则罔,思而不学则殆。"思考、学习、语言、时间,缺一不可,我们通过大量的时间去思考,去学习语言,渐渐形成了我们现在的人生观、价值观,等等。学习之路漫漫,我深知,这只是个开头。

　　当我读完第一组后,深感学习之重要,便迫不及待继续阅读第二组:人生、自我、自由、善恶。人要先有自由,才能定下人生目标,从而发展自我,但也要有一定程度的道德限制,所以亦需判断是非善恶。孔子自述人生观:"吾十有五而志于学,三十而立,四十而不惑,五十而知天命,六十而耳顺,七十而从心所欲,不逾矩。"放到现在,这依然有很高的参考价值。孔子将人的一生描绘了出来。人在少年时立志很重要,唯有立了志,未来才会有努力前进的目标。

　　但是,在你人生的道路上,你是否好好地审视过自己?你是否真的了解你自己?如果你连自我都无法了解的话,谈何人生?在《自我》一篇的开头,就讲述了"认识自我"的重要性,充分认识到自己的才能、性格、优点、缺点,才能够认清真正的自己。当对自己有了一个相对正确的认知后,你就会开始渴望一样东西,那叫"自由"。你开始希望没有人会来干扰你,没有人会来对你所做的事情指手画脚。你开始自由自在,开始无限放肆,故而《自由》接下去的一篇,就是《善恶》。

　　不得不说,这本书的各个章节环环相扣,相辅相成。善恶本身就是道德中永不可磨灭的两大对立面。你一心向善,却误杀一人,那算是善是恶?所以,它们的界线,清晰却又模糊。自由过头,你会分不清这件事是对是错,会在善恶的交界点来回摇摆。所以,有范围的自由,在道德法律之内的自由,才是被允许的自由,若你超出了这个范围,那你走上的,必然是一条不归路。

　　书的最后一组话题是:死亡、自杀、宗教、恐惧。我们最大的恐惧便是来源于死亡,自杀的结果便是死亡,而宗教则是死亡的专家,告知死后的"去向"。我们不一定会老,但一定会死去。对死亡本身,对死后所谓的天堂和地狱,都充满了不可知的恐惧。我记得自己第一次产生恐惧的感觉是在八岁,那个时候我参加了爷爷的葬礼,看着爷爷一动不动躺在那里,幼小的我第一次对世界产生了恐惧,我怕下一个躺在那里的人就是我。爷爷的去世,让我第一次思考死亡。为什么人会去世?死后的世界又是怎么样的呢?一切的疑问使我在很长一段时间里对死亡有很大的恐惧和未知感。通过学习了解,我知道了死亡是一种自然现象,便没有那么恐惧。自杀是另一种形式的死亡,是一种提早结束自己的方法。据我所知,近年来青少年的自杀率有上升的趋势。多是因为遭受到了挫折,没有及时调整自己的情绪,才会酿成如此惨剧。愚见以为,穷途不一定通往绝望,绝望之下亦未必穷途。改变自己的思想,说不定就可以打消自杀的念头。

浅尝这本书之后,我仿佛把人生走了一遍。从小时候开始学习,认识语言,会在人生的长河中思考什么是真正的自我,会在沿途中追寻自由,分辨善恶,了解宗教,会思考为什么那些明明拥有大好前途的孩子会选择自杀,当我想明白这一切,当我经历好了这一遭,就静静地等待着死亡的来临。这就是人生。

一生很短,一生也很长。故而珍惜当下,在允许的范围内做最好的自己,活出精彩的人生。

我只愿听一首老歌,品一杯香茗,看一场春雨,思一份情怀。不负此生,不负自己。

 点 评

本文语言清新,富有感染力,不禁引起读者对《成长的哲学课:自我与人生的思考》的阅读兴趣。哲学是人生的精华,而人生就是哲学。文章结合文本内容,进行了较为深入的思考与分析。文章的结尾也让人眼前一亮,引发读者思考。

梦想的回归处,就是你的出发点
——读《牧羊少年奇幻之旅》有感

◆学校:桐乡市凤鸣高级中学　◆作者:李森多　◆指导老师:顾彦

每个时代都会有这个时代的畅销书,但是世界上有两种书,几百年来畅销不衰:一种是"童话",另一种是"鸡汤"。小孩子读童话,大人喝鸡汤。《牧羊少年奇幻之旅》这本书,既包含了"童话",又包含了"鸡汤"。

有人说,"这世上没有一颗心会因为追求梦想而受伤",当你真心渴望某种东西时,全宇宙都会来帮忙。没有人知道这句话的真假,可是大多数人都愿意相信这是真的。

众所周知,梦想耀眼、明亮、高贵,能让人变得无所畏惧、坚强伟大,可与此同时,梦想又如浮云一般美丽易碎而又难以触及,令人心向往之却又追寻不到。所以现实生活中的许多人对于自己的梦想并没有那么执着,遇到重重阻碍就选择放弃,很多人甚至从一开始就害怕去实现自己的梦想。这两者中,后者当然更令人惋惜,因为他们将梦想只当作梦想,从来不去实现它,一方面是不愿意跳出自己的舒适圈,另一方面则是担心那未知的结果会辜负自己曾遭受的苦难。然而,人生最大的遗憾不是我不行,而是我本可以。只有真正努力过、追寻过、尝试过,才能无怨无悔,否则,梦想就不再是一个美丽的梦,而是一个困扰你的心结。

很多时候,小小的习惯会将我们困在原地。就像西班牙少年圣地亚哥一样,他在神学院已经长到十六岁了,不出意外的话,他未来会成为一名神父,然后结婚生子,在父母的期待中,波澜不惊地度过余生。这本是普通人理想的一生,却不适用于圣地亚哥。他安安稳稳的生活出现了意外,原来,乖巧听话的神学院优等生圣地亚哥,并不是一个一心向神的"好"孩子,他的梦想也并非成为神父,而是云游世界。

这天，躁动不安的圣地亚哥终于攒足了勇气，向父亲袒露心声。结果可想而知，父亲极力阻止，母亲也好言相劝，可圣地亚哥心意已决，最后，父亲败下阵来。父亲送他离开家门时，对他表示祝福。从父亲的眼神中，圣地亚哥隐约读出父亲也曾想云游四方，但最终被生活的惯性牢牢地困住了。人生就是这样，过惯了的生活，看惯了的事情，看似都是极其合理的，但未必是应该的。有时候你不反抗，愿望就会夭折；你不提出异议，生活就会顺着生命铺好的轨道一路到底。幸好，圣地亚哥没有被生活的惯性困住，他如愿以偿地成了一个自由的牧羊人，两年的时间里，他带领羊群走过了许多地方，见过了许多人，也领略了许多风景。渐渐地，这样的生活快要变成一种习惯了。

就在这时，生活又给了他一个"启示"。在经常过夜的教堂里，牧羊少年圣地亚哥连续两天做了同样的梦。梦中，他被一个小孩子带到了埃及的金字塔边，小孩子告诉他，只要能够来到这里，他就将得到一处宝藏，就在小孩为他指出宝藏的具体位置时，他突然被惊醒了。醒来的圣地亚哥满心疑惑，他为什么会连续两次做同样的梦？这两个同样的梦又预示着什么？

为了解梦，圣地亚哥来到一个吉卜赛老妇人那儿，老妇人告诉他"应该去埃及的金字塔"。吉卜赛老妇人的答案看似易懂，却并不能令圣地亚哥满意，只因一个梦就放弃当下的一切去遥远的埃及吗？圣地亚哥的心中十分不确定。直到他在公园的长椅上遇到一位老者，他能够说出圣地亚哥的过往，甚至是一些他从未告诉过任何人的东西，因为他是王——"撒冷之王"。撒冷之王同样告诉圣地亚哥，让他去寻找天命。临行前，王还给了圣地亚哥两块宝石，一块叫作"乌凌"，另外一块叫作"图明"，可让圣地亚哥在茫然之时辨认方向。当然了，这是圣地亚哥用六只羊换来的，或许王想告诉世人，这世间没有免费的午餐，一切都是有舍才有得。

继神父与牧羊人的选择后，圣地亚哥又一次站到了命运的十字路口，不知该向左还是该向右，该向前还是该向后。两年了，他习惯了离开父母的生活，父母也习惯了没有他的生活，他习惯了与他的羊群在一起，羊群也习惯了他这个主人。如果他离去，他的羊群会遭罪吗？他的内心会舒服吗？一时之间，圣地亚哥徘徊不定，不知应该继续安逸舒坦的牧羊日子，还是应该选择心驰神往但充满危险的远方。有时候，我们一直抱怨某个地方，但是我们却没有勇气走出那里，梦想是个美好而又缥缈的词，很多人往往会被习惯绊住脚，可人生路上的我们如果不走

出自己的舒适圈,就无法遇见新的天地。

　　终于,挣扎过后的圣地亚哥,在习惯与探寻之间选择了后者。他卖掉了自己心爱的羊群,踏上了前往埃及的寻宝之路。可人生并不总是有勇气做出选择就够了,更多时候,想要取得成功,还要有战胜困难的决心和不屈不挠的毅力,否则就只能半途而废。圣地亚哥的埃及之行刚刚开始就被现实绊了一跤:他来到了一个新城市,卖羊得来的全部的钱都被在酒吧认识的他认为可靠的新朋友骗走了。可圣地亚哥并没有因此而绝望,因为他相信老者的那句话:"完成自己的天命,是人类无可推辞的义务,万物皆为一物,当你想要某种东西时,整个宇宙会合力助你实现愿望。"

　　权衡之下,他只能将计划搁浅,暂时留在当地的一家水晶店打工赚钱。水晶店老板知道了圣地亚哥想要去金字塔寻宝一事,委婉地告诫他那极可能是一件吃尽苦头又讨不到好处的事情。圣地亚哥由此联想到了此刻自己一无所有的境遇,也渐渐生出了逃避梦想,重新回去当牧羊人的打算,心中的天平左右摇摆不定。在这种犹豫中,圣地亚哥在水晶店工作了整整一年。这一年里,他赚够了足够再次买回羊群的钱,但他最终没有返回那熟悉的草原,因为他知道,过去习惯的一切虽然舒适,可未知的前方才是他想征服的星辰大海。

　　于是圣地亚哥告别了水晶店老板,又一次踏上了埃及寻宝的征程。不久,他跟随一个商队进入了茫茫的沙漠,前路充满希望也到处是危机。很快,沙漠间各族部落的战斗打破了路途的平静,因为战火,他们不得不停下前进的步伐,躲进了一片还算安全的绿洲里。在那里,他遇到了一个叫法蒂玛的少女,他们互有好感并很快坠入爱河。外面的战争好像遥遥无期,慢慢地,圣地亚哥有了想要停下的念头,他觉得和心爱的女人一起悠闲地牧羊也是个不错的选择,为什么非要因为一个虚无缥缈的梦就奔赴千里之外呢?就在圣地亚哥懈怠之时,一个路过此处的炼金术师点醒了他,于是,圣地亚哥再次战胜了惰性,遵从了自己的本心,又一次出发去寻找宝藏,只是前路依旧不顺利。

　　就在他历尽千难万险终于来到金字塔边的时候,又被一个劫匪捉住了,毫无悬念,圣地亚哥身上的钱财再次被抢光,他又重新变成了一个一无所有的穷小子,没有了羊群,也没有了心爱的姑娘。他想到炼金术师告诉他的话:"如果你将必死无疑,钱对你又有什么用处呢?钱能用来使人免于一死,这种事并不多见。"于是圣地亚哥把自己在寻找宝藏的事情告诉了劫匪,劫匪嘲笑他说:"两年前,我也重复做过一个梦,梦见自己应该到西班牙的田野上去,寻找一座残破的教堂,一个牧羊少年经常带着羊群在那儿过夜。圣器室所在的地方有一棵无花果树。如果我在无花果树下挖掘，一定能找到一笔宝藏。但是我可没有那么蠢，不会因为重复做了同一个梦就去穿越一大片沙漠。"劫匪说完就得意地走了，但圣地亚哥却瞬间明白了，他千辛万苦来到金字塔下，得到的不会只是一顿暴打和这么一段话。

圣地亚哥只身返回了那座废弃的教堂，此时的他没带羊群，而是带了一把铁锹，在那棵古老的无花果树下挖出了那批宝藏。

原来，宝藏从来都在脚下，只是那些没有打破习惯壁垒、跳出生活舒适圈的人看不到罢了。命运对追随自己之人总是慷慨的，当我们回头再看圣地亚哥的寻宝之路，就会发现，影响他结局的无非是那几个关键的岔路口和几个在他迷茫时及时出现的引路人。可就是面对这样至关重要的几个节点时，人们的态度截然不同，有人将其当作命运的启示，珍而重之；有人将其当作人生的普通景色，一笑而过。我想，命运的不同大抵就是从这里开始的。牧羊少年圣地亚哥穿越一片沙漠才知道宝藏就埋在他牧羊时无数次过夜的教堂里，他苦苦追寻的终点，恰恰是他的出发点。但这绝对不是一个巧合，因为很多人不会是故事里的圣地亚哥，只因为一点梦想的启示就愿意放下眼前的一切，义无反顾地奔赴千里之外，相反，很多人会成为劫匪那样目空一切的人，即便被"天命眷顾"，也始终将梦仅仅当成是梦，不理会，不作为，曾经是劫匪，现在依旧是劫匪。所以，所谓的好运气只会留给那些相信运气的人，而美梦成真说的也只能是那些愿意去追梦的人，毕竟，人生的漫漫长路上，只有为梦想而动的追梦人才能真正抵达梦想，而那些安逸的做梦者，只会被生活永远困在原地。

虽然圣地亚哥兜兜转转了一圈后才发现宝藏，但是我想，他一生最大的收获并不是那批宝藏，而是他从出发到归来的整个过程中，他所经历的所有事情、他所邂逅的人、他所改变的世界、他所改变的人，以及他最终书写的自己的人生经历。所以说，我们还是应该不断地去创造，不断地与世界发生联系，不断地追寻自己的天命。这个不断追寻和创造的过程本身，才是我们的命运本身，也是天命所在的地方。

"路会一直在脚下延伸，只要生命在，路就没有尽头。"愿所有人都能够像书中的圣地亚哥一样，朝着自己最初的梦想，一直走到生命的尽头。

 点 评

　　本文小作者驾驭语言的能力非同一般。文章开篇用"童话"和"鸡汤"引入，吸引读者的阅读兴趣。行文语言流畅、内容丰富。最后联系现实，阐发人生真谛：我们还是应该不断地去创造，不断地与世界发生联系，不断地追寻自己的天命。

 书海拾贝

　　我觉得时辰钟是人生的最好的象征了。时辰钟的针，平常一看总觉得是"不动"的；其实人造物中最常动的无过于时辰钟的针了。日常生活中的人生也如此，刻刻觉得我是我，似乎这"我"永远不变，实则与时辰钟的针一样地无常！一息尚存，总觉得我仍是我，我没有变，还是留连着我的生，可怜受尽"渐"的欺骗！

——丰子恺

在坚定执着中奋进
——读《钢铁是怎样炼成的》有感

◆学校:海宁市第一中学　◆作者:王子安　◆指导老师:周岚

当清晨的阳光穿透玻璃窗,斜斜地照进书房时,我捧着《钢铁是怎样炼成的》,坐在椅子上凝神看着,看着……这本书仿佛成了我的好友,一日不读,便觉得少了些什么。每一次读它,都觉得触动心弦。

《钢铁是怎样炼成的》一书中人物众多,最令人惋惜的是保尔的初恋冬妮娅。在保尔的少年时代,冬妮娅是他最亲密无间的伙伴,而在保尔的青年时期,冬妮娅则是保尔的恋人,两人的关系相当密切,但最终他们却走向了决裂。冬妮娅和保尔从情投意合到最后各自结婚,成为不同的人,走向了两个极端。

冬妮娅原本天真、纯朴,醉心于爱情,但作为资产阶级的典型人物,她身上的小资产阶级风气已经深入骨髓。面对革命,她并不想放下自己所拥有的一切,她安于现状,想到的只有她自己,所以她觉得没有必要这么折腾,没有必要通过革命让所有的穷人过上好日子,因为她现在就已经过上了富足的生活。在她最后一次见到保尔的一年之前,冬妮娅就与一个有钱的男人结婚了。冬妮娅只想找一个和她同阶级的人,一起安稳地生活,享受资产阶级带给她的安逸,她和保尔并不是一路人。保尔的一生几乎都在为人类的解放而奋斗,而冬妮娅显然并不热衷于革命,她只想与恋人花前月下,过所谓的快乐生活。最终,冬妮娅因为贪图安逸成为时代的落伍者和寄生虫。

与之相反,保尔拥有坚定的信念和钢铁般的意志,对革命无限忠诚。在那个战火纷飞的年代里,革命改变了许多人的命运,革命就是一个大熔炉,熔掉了那些没有坚定信念、意志薄弱、贪图安逸的人,大浪淘沙后,留下了强者,而保尔就是这

样的强者。他有着无比坚定的信念,他执着于对人生的追求,他拼搏奋进,在常人难以想象的磨难中终于百炼成钢!

古往今来,越王勾践兵败夫椒,被困三年,卧薪尝胆,后大败吴国,终成春秋最后一位霸主;司马迁遭受残酷"腐刑",历经屈辱痛苦,却忍辱奋起,历经十八年,终写成被誉为"史家之绝唱,无韵之离骚"的《史记》;李白小时候贪玩不喜读书,后受老婆婆铁杵磨成针的启发,发奋努力,终成唐朝伟大诗人;宋濂酷爱读书,可惜家境贫寒,因而不管寒暑,他一直借书抄书读书,最后终成明代大文学家。他们与保尔一样,朝着目标,坚定信念,付出努力,最终走向成功。

其实,在我们的生活中,像保尔这样坚定理想、不懈努力的人比比皆是。《长安十二时辰》《清平乐》这些热播剧中人物身上穿的精美铠甲出自我们海宁的一家专业铠甲设计制作工作室——炼铠堂,而炼铠堂的主理人叫温陈华。温陈华从小就特别崇拜身披铠甲的英雄人物,渴望自己也能身披铠甲,铁马金戈。高中毕业后,温陈华成了一名锅炉安装师傅,学习打铁、钣金等技术,正是这些经历为他后来制作铠甲提供了技术支持。儿时的英雄梦一直萦绕在温陈华心头,打造一套铠甲的想法越来越强烈。2010年,温陈华开始着手复原第一套宋甲。历经三年时间,一套失传七百年的宋代铠甲——兽面吞头亮银鱼鳞铠终于制成。从此以后,温陈华开始将"制甲"从爱好变成事业,一有空就去书店、图书馆翻阅大量甲胄文献,经常坐车去全国各地的寺庙看雕塑、壁画,了解古时候铠甲的本来面目。山西大同善化寺、五台山南禅寺、敦煌莫高窟……到处都留下了他的足迹。十年磨一剑,各种铠甲在温陈华手中得以重见天日,尘封于历史长河中的兵甲器物重新焕发出耀人光彩,而温陈华也被誉为"唐宋甲胄复原第一人"。我想,没有执着,没有信念,也就没有温陈华的成功吧!

最近,海宁一位医生获得浙江省首届"仁心仁术奖",他是海宁唯一获此殊荣的医生,他就是海宁市中心血库主任冯晓林。自海宁市中心血库成立以来,冯医生一直服务于采供血一线。工作中,他为献血者提供精准化、个性化的服务,事无巨细,严格按操作规程办事,中心血库每年进行上万次采血,从未发生一起差错事故和质量安全事故。每个人的生命只有一次,弥足珍贵。作为一名医护工作者,冯医生一直为全市人民的医疗用血和中心血站的发展尽心尽责。我想,没有冯医生的坚守初心,没有他的不断努力,我们海宁的病人可能会因无血可用而烦恼,甚至危及生命,这"仁心仁术奖"是对他作为一名医生最好的褒奖吧!

在我们的生活中,像保尔一样,有着执着的拼搏精神以及无比坚定的信念的人太多了,我要坚定地靠近他们,成为他们。我希望我们每个人的人生都能像保尔说的这样度过:当他回首往事的时候,不会因为虚度年华而悔恨,也不会因为碌碌无为而羞愧。

 点评

本文的语言感情真挚,引人入胜,小作者的功力可见一斑。文章内容丰富,引经据典,联系现实。结合家乡实际,讲述了温陈华、冯晓林的动人故事。文章最后联系自身,升华主题,首尾呼应,照应全文。

在这温暖的人世间
——读《精神明亮的人》有感

◆学校:嘉善高级中学　◆作者:范子烁　◆指导老师:宋婕

　　他仿佛一个悠闲的背包客,在这纷繁的人世间一路走下去;他亦是细心的探索者,于世间的每一隅掘出最本真的温暖。

　　王开岭的散文集《精神明亮的人》似乎与这浮躁的世界格格不入。在这个通过大肆开发自然来取得最大经济效益,不断远离自然而追求城市化的时代,他是一个突兀的存在。他赞美自然万物,哀叹"古典之殇",渴求像陶渊明笔下的世外桃源般美好的世界。他如一位隐士,钟情于自然,散发出少有的"世外"品质。他却又字字句句不离这人世间,在汹涌向前的时代洪流的间隙源源不断地传递给我们内心的温暖抚慰。

　　他的内心温暖而澄净,带着孩童般的懵懂,却又有着极为深刻的思想。他揣摩"按时看日出"下暗藏的美好,体悟"最好看的霜"中深远的意韵。他带着对于探索自然的热忱,一路走走停停。无论是枝头未融的霜,还是澄静的日落,抑或是拂堤的杨柳……对于这一切自然之景,他都充满了热切的渴求。那种热切的渴求,仿佛是一枝新鲜盛绽时剪下的花朵,娇艳欲滴,急切地渴望着有一些水来滋润它艳丽到焦渴的花瓣。他亦是这样,热切地期待着自然界纯净的雨露能够滋润他在这喧嚣人世间几近干涸的心灵。正是因此,他才会如此珍视与自然的每一次邂逅,才会如此心怀感恩地体悟这世界的美好。与此同时,他亦以他冷峻的目光审视这匆匆向前的时代洪流,用他细腻的文笔抒发对于"古典之殇"的无奈与哀叹,执着地用文字记录下自然之美,守护古典的自然风貌。在这个浮躁的、人人都疲于追赶发展潮流的时代,能有这样一个人为我们执着地守护自然,用笔下的文字为我们创造一个世外桃源,怎会不让人动容?

但他并不仅仅是个喜好山水风貌的隐士,他亦是于这人世间悠悠走过的背包客,或者说是一个探索者。他不仅礼赞自然之美,同时也在这纷繁的社会中寻找人性的温暖。他从"决不向一个提着裤子的人开枪"的战争故事中体悟人性之美。在战争的荒漠中,在世间的艰难中,他以峭拔的姿态和锐利的目光发现并守护美与良心。关于地震,他的描写看似冷峻,似乎只是在向我们陈述地震中的每一幕。但这却偏偏戳中了我内心最柔软的地方,让我热泪盈眶。他以简单的文字,激发人类独有的共情能力。正因如此,在对生命的敬畏上,我能与他产生共鸣。在这浮躁的速写时代,感动少之又少,但他却让笔下的文字透过薄薄的纸页在我们心中鲜活起来,以此带给我们源源不断的触动。他唤醒我们对美好、质朴、纯净、正义与忠诚的记忆,激发我们的向往之情。在这时代的岔路口,他点醒我们这些匆忙追赶时代节奏的过客,让我们能在夜深人静、独自一人时细细回味这些人类独有的美好情感。

王开岭一路走着,走过这纷繁的人世间,走过由幼稚懵懂到成熟独立的过程,最终又回到了童真。返璞归真,重新获得天真烂漫的孩童时期的心境,这是他在散文中反复提及的向往。孩童般温暖,对周遭的一切都不设防的视角常常出现在他的散文中,让人仿佛也回到了孩提时代,让我们在阅读他的散文时能够面带微笑。

他带着一颗温暖柔软的心,一路走过这纷乱的人世间。

 点 评

正如本文的题目所言,小作者字里行间带给读者的感受是"温暖"。"他以简单的文字,激发人类独有的共情能力",不得不说,王开岭先生在这里遇到了"知音"。行文文采飞扬,富有感染力,使读者有欲望打开《精神明亮的人》,找寻"一颗温暖柔软的心,一路走过这纷乱的人世间"。

我最怀念的地方是故乡
——读《云边有个小卖部》有感

◆学校：嘉善中学　◆作者：胡宇馨　◆指导老师：迟志强

　　王莺莺说，祖祖辈辈葬在这里，才叫故乡。

——题记

　　在南方的乡下，夏天总是不请自来的。春风仿佛只是挥了挥衣袖，夏天就带着热风呼呼地吹来了，随之而来的是枝丫上绿油油的叶片、树干后嗡嗡的虫鸣和躲在云层中热烈的阳光。我们也理所当然地步入了高中的第一个暑假，这也是高一最轻松的假期了。

　　我结束了一天的美术训练，坐在妈妈的电瓶车后头，风呼哧呼哧地往我衣袖里钻，难得让我在这炎热的夏日感到了一丝清凉。我的怀里还揣着一本书，就是《云边有个小卖部》，我惦记它的名字好久了，却一直找不到时间读。今天终于让我给碰上了。

　　之后的一整天，我都把自己关在房间里，趴在我的小书桌上——这里是属于我的小天地。小书桌的旁边是一排窗户，我家住的楼层高，所以从窗口望去能看见从早到晚不停变幻的云，我觉得这样的场景和书名很相配，我已经很久没有像这样去读一本书了。

　　直到傍晚，母亲敲了敲我的房门说："囡囡，立夏来了，外婆给我们送来了一只鸡，说要给你煮鸡汤补补。"

　　我这才从书中的世界里出来，鼻头一酸，从这件小事中真正感受到了家的温暖。

《云边有个小卖部》的主人公叫刘十三,一个顽皮机灵的男孩,他的父亲不要他了,母亲也在他四岁那年离开他去寻找自己的幸福。于是他和自己的外婆王莺莺一起生活在云边小镇。外婆开了个小卖部来维持生计。

刘十三的外婆很不一样,她打破了一贯以来老人和蔼可亲的模样。她爱抽烟,爱打牌,还会开挖掘机。她性格大大咧咧,直率开朗,是个生活中的女强人,个性鲜明。

但同时她也是个爱外孙的好外婆。她会在得知自己患病后,开着挖掘机把在城市里落魄醉酒的刘十三带回故乡,会准备外孙最喜欢的豇豆炒肉丝,也会为外孙的后半辈子而操心打算,她为刘十三尽了自己一切所能,却唯独怕他伤心,没有告诉他自己患了癌症……

故事就围绕着他们缓缓展开……

而从故事里那个做事风风火火又不失慈爱的王莺莺身上,我似乎总是能看见已去世多年的外公的影子。

我的外公也是一个做事风风火火的人,他也爱打牌,心情好了,偶尔会喝点小酒,但他也会把我抱到臂弯里,听儿时的我讲最最无聊的故事。在我的记忆里,外公总是笑着的。

小时候我喜欢小狗,就在乡下养了一只,却不知道哪天晚上被谁拐走了。那时我哭得稀里哗啦,眼泪直流,爸妈哄了几天才渐渐停歇。外公当时只是看着我,什么也没说,戴上枯黄的草帽,蹬着破旧的三轮车东跑西跑,几次出去又回来,最后一次沾了满身的泥巴,双手空空地回来了。

外公被外婆一顿唠叨,外公也不气,只是嘴里念叨着:"囡囡不是想要小狗崽嘛,我骑到半路看到有两只小狗就放到车篮子里,可谁知道骑得太快了摔泥里了,小狗崽也跑了……"

我眼眶一热,外公平时的话不多,但我说过的每句话他都记得。如今外公已经走了好几年了,我也没有再养一只狗,但每当我看见别人家甩着尾巴的小狗,总会想起这件事情,也总会想起外公那皱巴巴却温暖的手,以及洗得泛白的口袋里总是为我包着的大白兔奶糖,还有他那半佝偻着的枯瘦的背影……

说回《云边有个小卖部》,书里还有不少像王莺莺一样个性鲜明的人物:一开始对大城市抱有美好幻想,后来颓废又在故乡重新振作起来的刘十三;在病魔面前永不屈服、勇敢追爱的程霜;机灵可爱、乖巧懂事的球球;知恩图报、勇敢追梦的智哥……

小说用朴实的话语描绘出一个个鲜活的身影,书写着他们平凡生活中的点点滴滴。这里是云边镇,这里是他们的故乡,这里有毛婷婷对弟弟毛志杰深沉的爱,有王勇对女儿球球无私的爱,也有王莺莺对孙子刘十三如朋友般、如长辈般温柔的爱。这里的情感,从不平凡。

书中说:"在大多数人心中,自己的故乡后来会成为一个点,如同亘古不变的孤岛。"

大城市的时间总是紧赶慢赶,大人们总为现实的压力而苦恼,老人和孩子之间总隔着时代的沟壑,人们似乎总是失去了才懂得珍惜。也许我们每个人都会是刘十三,每个人的生活中都有一个王莺莺。这本书让我在笑和哭之间学会了珍惜,它教会我,累了,就回头看看,在故乡,总有一个在盼着你回家的人。

故乡之所以被称作故乡,是因为那里有爱着你的亲人呀。

 点评

本文构思精巧,感情真挚。文章以王莺莺的一句话"祖祖辈辈葬在这里,才叫故乡"为题记开篇,第一段以景物描写引入,让读者眼前一亮,勾起读者阅读兴趣。在叙述故事情节的同时,穿插了外婆送鸡、妈妈做鸡汤的情节和外公的故事,让作者在书里书外同时感受到了"家的温暖"。最后,回到现实,升华文章主题思想。

拥抱生活
——《苹果树上的外婆》读后感

◆学校:海盐第二高级中学　◆作者:张万芃　◆指导老师:朱明丽

　　我很庆幸自己翻开了《苹果树上的外婆》。这本书并没有多少华丽的语言,也没有跌宕精妙的情节,它讲述的只是一个再简单不过的故事,却触动人心。

　　同学们都有外婆和奶奶,安迪却没有,他感到羡慕和沮丧。在妈妈给他看了外婆的照片后,安迪坐在苹果树上,幻想自己与无所不能的外婆度过了一个个精彩的午后,直到隔壁搬来了一个平凡的老奶奶……

　　读完前半部分时,我是有些失望的,感觉作者只是在写一个极其浅显的故事。安迪从未孤立无援,他也并不缺少亲情的抚慰,他有哥哥姐姐,父母也都很爱他,何必如此依赖于与一个近乎完美的理想外婆,体验这些看似毫无意义的光怪陆离的经历呢?

　　再往后读,读着读着,眼前豁然一亮。

　　跳出舒适圈,清醒地直面现实是需要勇气的。有多少人曾在幻想中迷失,又有多少人陷在恐惧中无法自拔,然后沉沦,然后逃避,然后浑浑噩噩地过一生。幸好安迪足够勇敢,并没有只接受自己愿意接受的。幻想中与外婆的奇妙旅程被突然打断,他被请求穿过栅栏,向刻薄的佐伊伯利希太太拿钥匙。安迪起初坚决拒绝,但当老奶奶平淡地说她这天搬不了家可能只得睡在外面时,他鼓起了勇气,跳下树去拿钥匙。他跳下树的那一刻,就已经在浮华的幻想和平淡的现实间做出了选择,底线未被践踏,责任心像花儿一般绽放,如此踏实而快乐。

　　人们或许总是想要一种无拘无束、不受限制的感受来逃避现实的种种拘束和禁锢,或者希望在自己的世界尽情释放,摆脱遗憾、恐惧、沮丧。所以安迪幻想出

的外婆,对安迪是无限包容,甚至可以说是纵容,她允许安迪干所有事情,满足安迪的一切愿望,但是幻想再完美,人们依然要走入现实,安迪也无法例外。

苹果树下的邻居老奶奶,不像想象中的外婆那样富有,她生活清贫,每日还需为生计奔波;她不会像外婆那样打扮得诙谐前卫,只是个身材矮胖、其貌不扬的普通人;她没有外婆那样利索的腿脚,没有钱治风湿病,无法和安迪进行刺激的冒险……当然,她也不会像外婆一样允许安迪只做自己想做的事:安迪拒绝穿过走廊,只因他害怕佐伊伯利希太太会严厉愤怒地指责他吵闹,老奶奶说服他直面现实,并告诉他要放轻脚步,让他问问佐伊伯利希太太是否也需要帮忙捎东西……当安迪真的这么做了,他发现原来再不近人情的人也有柔和的一面,发现世界也不是非黑即白。

安迪逐渐不再幻想,原来承担责任并不痛苦,原来不顺遂的现实生活并不乏味。荣格说:"在这个现实世界里过着一种正常的生活并以此来抗衡那个奇异的内心世界,对我来说实在至为重要。"人生或许是平淡的、残忍的、不幸的,我们当然可以用想象力和希冀为骨感的人生描绘上明丽的色彩,在幻想中释放自己迫于物质、社会的压力而不得不压抑的愿望。当安迪再不去苹果树上时,老奶奶问他:"你为什么不能同时有外婆和奶奶呢?一个有风湿病,需要你帮助;一个在苹果树上,和你一起做令人兴奋的游戏?"

我们不能一板一眼地活着,不能失去拥抱生活的勇气,不能逃避自己的责任。安迪的妈妈对安迪提起邻居老奶奶时说:"她比苹果树上的外婆更需要你。"比起待在安逸的桃花源,清醒时的我们更能真真切切地感到这股因为被需要而产生的力量,这种力量赐予我们勇气,让我们感受到自己的价值和重量,即使经历再痛苦再残忍的事情,心也不会蒙上荫翳。生活不会尽善尽美,缺憾才是生活的常态,接受无法改变的缺憾、尽力做好实事的人,才是活得最透彻、最勇敢的人。

看完这本书,我思考了很久。我们既可以跳脱出现实,从琐碎的生活中剖析出浪漫主义的光辉,也必须在该直面人生真相时,勇敢地跳下"苹果树"。

点 评

　　文章喜奇不喜平,本文就充分地体现了这一特点。"触动人心""有些失望""眼前豁然一亮",带领读者进入体悟《苹果树上的外婆》的奇妙之旅。难能可贵的是,小作者从中读到了一些可贵的思想:"世界也不是非黑即白""生活不会尽善尽美,缺憾才是生活的常态,接受无法改变的缺憾、尽力做好实事的人,才是活得最透彻、最勇敢的人"。

书海拾贝

　　我不可能送玫瑰给每一个人,那么,就让我用最诚挚的心、用微笑致意来代替我的玫瑰吧!我们在生命中的每一个相会也是偶然的擦肩而过,在我们相会的一弹指,我深信那就是生命最大、最美、最珍贵的奇迹!

——林清玄

灾难·人性·法则
——读《三体》有感

◆学校:海宁市高级中学　◆作者:姚博　◆指导老师:钱晓敏

知进退存亡,而不失其正。

——题记

在灭顶的大灾大难面前,在冷酷的宇宙法则中,人类或许是渺小的,人性也可能是脆弱的。唯有克服弱点,运用法则,方能直面灾难,重获希望。在读完中国科幻小说的基石之作——刘慈欣的《三体》后,我对灾难、人性、法则之间的关系感触尤深。

从《三体》到《三体Ⅱ》,再到《三体Ⅲ》,系列故事曲折跌宕,发人深省。人类在探索外星文明的过程中不慎暴露,受到了来自四光年外的"三体文明"的威胁。末日临近,虽经一番波折暂离危险,但随之而来的却是更大的威胁,最终地球在十天内被外星文明毁灭殆尽。从中,我读出了人性不可回避的弱点,更知晓了宇宙生存与竞争的残酷。

人性,自大。这一点再明显不过了,从一开始《三体》中的"红岸工程"便可得知。"文革"时期,军方的科技水平尚不成熟,就绞尽脑汁想跟外星文明"交朋友",只能说过于自信。直到三体探测器出现,人类才意识到哪怕是一艘舰船都足以毁灭整个地球。"自大"在人类的思想意识中无处不在,这是对未来形势缺乏充足的认识以及对自身实力有着过高的估计造成的,后果往往不堪设想。知己知彼,方能百战不殆。知己不知彼,知彼不知己,皆不可也。

人性,自满。自我满足意味着停滞不前,亦是一件危险的事。正如《三体Ⅱ》

中的太空舰队,仅仅满足于舰船数量之可观,纠结于内斗之中,致使舰队毫无发展,警惕性差,几乎被探测器歼灭殆尽。《三体Ⅲ》中的"掩体计划"亦是如此,掩体实验效果不错,就自以为万事大吉,根本无人去设想其他的打击方式。凡此种种,都是人性自满的表现。

其实,自大和自满密不可分,自大容易招致自满。历史昭昭,自大与自满加诸人类,酿成了多少不可挽回的灾祸!人越是自大自满,遭受的残酷打击与伤害就越大,在灾难面前缺乏还击之力,最终造成心理崩溃与社会混乱。满招损,谦受益,不外如是。

人性,麻痹。在遇到一些大问题时,人类可能普遍表现得犹豫不决,不知所措,甚至最终做出错误的决断。就如《三体》中的程心,忠于人性,做出了放弃对三体人的威慑和放弃曲率飞船研发这两个错误的决定。再如书中的民众,在受到重大打击后精神崩溃。人类的思想总是容易在不经意间被麻痹,从而苟安于世,眼界狭小,以致祸及子孙。可见,唯有精神明,方得世界明。

然而,在看到人性在灾难与法则面前暴露的弱点后,我并未因毁天灭地的结局而深感绝望。其实,《三体》系列中也有三人令我佩服,他们是罗辑、史强和托马斯·维德。罗辑,曾经心理麻痹过,思维混沌过,是一个玩世不恭的人,但最终在灾难面前觉醒,顶住了重重压力,只身与"三体文明"展开决战。他赢了,拯救了人类!史强,是一位警界专家,虽有几分粗犷,但身上聚集了很多大智慧,能克服人性的自大、自满,拨开让人麻痹迷乱的表象,以常人所不及的反应速度与智慧沉稳应对灾难。天下皆乱,独他不乱。而托马斯·维德表面看上去阴险、冷漠、冷血,似乎是个危险人物,但只有他清晰地认识了现状,只有他一直在做正确的事情,如若没有程心的错误阻碍,或许他将是人类的最终拯救者。

灾难无情,法则残酷。著名的黑暗森林法则,阐释着浩大的宇宙中弱肉强食的原始规则以及文明生存的艰难险阻支配着宇宙文明的兴衰,然而以罗辑、史强和托马斯·维德为代表的人类在碰到各种问题和挑战时,从未放弃,总会积极寻求解决之法。知进退存亡,而不失其正,恰恰是我佩服他们的地方。

诚然,人性导致灾难,灾难泯灭人性;文明创造法则,法则支配文明。然而正确认识人性,克服弱点,运用法则,守正出新,亦能创造新生的文明奇迹。对此,我深信不疑。

 点 评

文章以并列式的结构布局,论证严谨,内容翔实,有理有据。文章开头"对灾难、人性、法则之间的关系"做了大致的论述,人性自大、人性自满、人性麻痹,是全文的主体,文章最后阐述自己阅读《三体》的真实体会——正确认识人性,克服弱点,运用法则,守正出新,亦能创造新生的文明奇迹。

 书海拾贝

那些焕然一天的星斗,那些灼热了四季的玫瑰,都没有服役于我们的义务。只因我们已习惯于它们的存在,竟至于习惯得不再激动,不再觉得活着是一种恩惠,不再存着感戴和敬畏。但在风雨之后,一切都被重新思索,这才忽然惊喜地发现,一年之中竟有那么多美好的日子——每一天,都是一个欢欣的感恩节。

——张晓风

达者,终成英雄
——也谈《水浒传》

◆学校:海宁市高级中学　◆作者:殷呈祺　◆指导老师:邬琳艳

《水浒传》,作为中国历史上第一部白话文章回小说,塑造了梁山一百零八将的个人经历与反抗道路。个个人物栩栩如生,性格鲜明。其中,对梁山步兵首领鲁智深,诸多评点者都给予了极高的评价。明代思想家、评点家李贽竟称鲁智深为"仁人、智人、勇人、圣人、神人、罗汉、菩萨、佛"。那么究竟是何种原因让这个热衷于"杀人放火"的鲁智深成了众人崇拜的对象呢?我想,也许是他身上"达者兼济天下"的情怀吧!

一、神人之气魄——武功高强,力大无穷

身为小种经略相公手下的提辖,鲁智深自有一身好武艺。"生得面圆耳大,鼻直口方……身长八尺,腰阔十围",这是鲁智深与史进在茶坊首次见面时,对鲁的外貌描写。他面容端庄,体格宽大,军官气派跃然纸上,让久闻其名的史进顿生崇敬之情。之后,鲁智深拳打镇关西更让我震撼于他那厚重的力量感。

为救惨遭压迫的金翠莲父女,鲁智深拳斗有着郑大官人之称的镇关西。经过一番挑逗,两人大打出手,"郑屠右手拿刀,左手便来要揪鲁达,被这鲁提辖就势按住左手,赶将入去,望小腹上只一脚,腾地踢倒在当街上……(鲁智深)扑的只一拳,正打在鼻子上,打得鲜血迸流,鼻子歪在半边……郑屠挣不起来……(鲁智深)提起拳头来就眼眶际眉梢只一拳,打得眼棱缝裂,乌珠迸出……郑屠当不过,讨饶……又只一拳……(鲁智深)看时,只见郑屠挺在地上,口里只有出的气,没了入

的气,动弹不得"。仅只三拳,拳拳有力量,拳拳中要害,三拳除恶扬善,郑屠魂归西天。这是多大的力气,多高的武艺,真让人赞叹不已。

又在《水浒传》第七回"花和尚倒拔垂杨柳"一节中,鲁智深任菜头,掌管东京大相国寺一处久遭泼皮、军健搅扰的菜园。在制服泼皮、军健们之后,鲁智深向他们大展武艺,"飕飕的使动,浑身上下,没半点儿参差"。也得到了东京八十万禁军教头林冲的喝彩:"端的使得好!"这句话,是对鲁智深武艺的褒扬。鲁智深深得同行肯定,也让我们对鲁智深的武艺有了更深的印象。

二、圣人之情怀——嫉恶如仇,正直无畏

在书中,鲁智深快意恩仇,那种无畏的情怀也让我感到酣畅淋漓。《水浒传》第五回中,鲁智深两次大闹五台山,智真长老将其赶出山门,并让他去东京大相国寺。他途中路过桃花村,投宿未果,从庄主刘太公口中得知,今夜桃花山上二大王将下山强迫迎娶刘太公的女儿为压寨夫人。鲁智深听后愤懑不平,愿拔刀相助,惩恶扬善。当刘太公对此心存怀疑时,鲁智深发出豪言壮语:"洒家的不是性命?"鲁智深大打二大王后,村中人惊恐万分,鲁智深又道:"……休道这两个鸟人,便是一二千军马来,洒家也不怕他……甚么闲话!俺死也不走。"这是自信,这是无畏,这是正义!"路见不平一声吼,该出手时就出手",鲁智深行侠仗义,这便是好汉风范!

鲁智深为救深陷华州的史进,不等梁山头领召集大军攻打,便起个四更,提了禅杖,带了戒刀,径奔华州。鲁智深单枪匹马直去华州城,虽有些鲁莽,但莽撞之中却透露出他无畏的英雄气魄。直去华州城,必是凶多吉少,九死一生。当贺太守把鲁智深押在后堂内拷问之时,鲁智深的那份英勇与无畏再一次令我感动。"不要打伤老爷!我说与你:俺是梁山泊好汉花和尚鲁智深。我死倒不打紧,洒家的哥哥宋公明得知,下山来时,你这颗驴头趁早儿都砍了送去。"鲁智深失陷华州,宁死不屈,置生死于度外。鲁智深在陷入危机之时敢于与恶人较量,因为他是鲁智深,他是梁山泊好汉。在鲁智深的观念里,他与史进的情谊比生命更重要,他宁死不屈的尊严比生命更重要,他正直无畏的精神比生命更重要,他纯洁、高尚的人格比生命更重要!

三、智人之谋略——粗中有细,勇谋兼备

　　一个人,只有高强的武功,并不能堂而皇之地被称为好汉,抑或是英雄。英雄需要勇谋兼备,而鲁智深的初次登场就让我感受到他非凡的想象力与周密的谋略。在"鲁提辖拳打镇关西"一节中,他在听说金翠莲父女在郑屠手下的不公遭遇后,径奔状元桥边郑屠的肉摊来。鲁智深心怀大恨,却不直接叫板或大打出手,而是走到门前,先叫声"郑屠",让其亲自动手,各切十斤不要有半点肥的精肉、不要有半点精肉的肥肉以及寸金软骨。进门的一声大喝,喝住了这个以"郑大官人""镇关西"自称的郑屠的傲慢气焰,以至于郑屠慌忙唱喏道:"提辖恕罪。"接着,便是鲁智深不紧不慢的"消遣"策略,让郑屠着实摸不着头脑。鲁智深又以此事是奉着经略相公的钧旨为由,打消郑屠对其行为的怀疑,让郑屠慢慢耗尽耐心,也让郑屠领略了一番被奴役的滋味。同时,这件事也让街坊邻居围观,丢尽了郑屠的脸面。这般计谋,岂是普通人能够想到并实施的?鲁智深除了有与恶势力做斗争的勇气,又有非同一般的谋略。他的谋略,出自他的内心;他的计策,是为了受压迫的人民,是为了社会的正义,这就是英雄的本色。

　　鲁智深的谋略不仅在此处,后文也有所体现。在《水浒传》第七回中,鲁智深到东京大相国寺菜园初任菜头,识破泼皮破落户计谋,在其计谋将要得逞时,他"右脚早起,腾的把李四先踢下粪窖里去。张三恰待走,智深左脚早起,两个泼皮都踢在粪窖里挣扎"。对待一群泼皮,鲁智深完全可以用拳打脚踢解决问题,他却叫众人将那两个泼皮挽到葫芦架边,让他们去菜园池子里洗了来。对待小打小闹、不三不四的泼皮们,鲁智深没有大打出手,而是恩威并施,让他们心服口服,也消除了菜园的后患。

　　对待傲慢之人,鲁智深丢尽其脸面、耗尽其耐心后大打出手;对待不三不四之人,鲁智深恩威并施,断绝后患。

　　鲁智深,鲁莽之中见智,智深之中见勇,粗中有细,勇谋兼备。正如他自己所说:"平生不修善果,只爱杀人放火。忽地顿开金枷,这里扯断玉锁。咦!钱塘江上潮信来,今日方知我是我。"也许,他的一生也正如其本名"鲁达"一样:虽有时有些鲁莽,但又无不显示出他的通达。毕竟,"达"则兼济天下,这也是英雄的本色。

点 评

  《水浒传》作为四大名著之一,历来为读者所喜欢。本文作者独辟蹊径,用明代思想家李贽对鲁智深的评价统领全文,构思严密,结构精巧。神人之气魄,圣人之情怀,智人之谋略,用这种特殊的结构,结合鲁智深的故事进行了具体翔实的论述。精巧与严密共存,翔实和深刻同在,实乃读后感中的佳作。

书海拾贝

  一个人经过不同程度的锻炼,就获得不同程度的修养、不同程度的效益。好比香料,捣得愈碎,磨得愈细,香得愈浓烈。我们曾如此渴望命运的波澜,到最后才发现:人生最曼妙的风景,竟是内心的淡定与从容……我们曾如此期盼外界的认可,到最后才知道:世界是自己的,与他人毫无关系。

——杨　绛

"像"人
——读《象人》有感

◆学校：海宁市高级中学　◆作者：金淑娴　◆指导老师：陈宇燕

他从未有过肮脏的思想，可却深陷在社会链底层的沼泽里。

——题记

欣喜之余，我将《象人》揣在怀中奔向阳台，在暖阳下的木藤椅上望向着那样的苦难人生。

约瑟夫·梅里克出生在一个贵族家庭里，一开始是那般岁月静好，俊美的夫妻二人总是幸福地逗弄着摇篮里的婴孩。可在约瑟夫·梅里克五岁之余，苦难便降临在了这个不幸的家庭头上。梅里克头部畸形，长成了一个"象人"。随着家族的没落，孤苦无依的"象人"被迫流浪街头，后来被马戏团收留。可这并没有改善他的生活，因为他的身份不是驯兽的员工，而是被奴役的动物。

约瑟夫·梅里克被利欲熏心的马戏团老板拜斯利用，受尽了非人的虐待。一次意外，他与医生特里夫斯相识。特里夫斯把梅里克带回了医院进行研究，"象人"重新感受到了人间的暖意，而医生也和"象人"在交往中结下了友谊，他舍不得让这位"上帝的弃儿"再受折磨。可拜斯将梅里克抢了回去，到欧洲各处展出。好在最终梅里克被"兽人"同伴救下，在医生的陪伴下安享晚年。

这似乎是一个美好的结局，但并不是这个故事最好的样子。确切来说，这样离奇的事不应该发生。是社会和人的异化，导致了"象人"悲惨的遭遇。所谓人性，是"在一定的社会制度和一定的历史条件下形成的人的本性"，或好，或坏。可书中，除了梅里克，似乎众人皆有着并不"无辜"的秉性。

团长拜斯，是当时资本家的代表，面对患有怪病的梅里克，没有一丝一毫的同情和关怀，只将其当作展览的产品，供大众取乐，榨取其剩余价值，赚得盆满钵满。

取乐的众人，看着自己的同类在台上被迫进行表演，不感到悲悯，相反地，脸上所洋溢的，皆为"无情"。他们如同站在金字塔顶端，俯身蔑视着有着"象人"这般外貌的存在。

医生特里夫斯虽说同梅里克日久生情谊，但初识梅里克时却也是以研究独特病例为目的签下收留协议，并同"象人"交流的。至于可怜的"象人"，除去那病痛所导致的异于"常人"的外貌，又有什么错呢？

反观当下，读者的那些怜悯"象人"的评论，无不站在道德的制高点批判，讽刺着资本旧社会，却丝毫不提及他们周边那些因"另类"而遭受的不公平待遇——"另类"，不只是"象人"。

有的是因为肤色。比如白人常对黑人表示不屑，即使南北战争已结束了一百五十余载，但"白人高贵，黑人低贱"依然在许多人的潜意识里埋伏。时至今日，依然有骇人听闻的种族矛盾发生。

有的是因为疾病。他们被迫成为"众矢之的"，或受尽嘲笑，或被人疏远……能否在精神病院中证明自己不是精神病？答案是：不能。任何正常的行为都会因疾病的标签而被"镌刻"上病理痕迹。

还有的是因为信仰……

我们同情"象人"，唏嘘于他的遭遇，可我们的潜意识中却没有将他视作我们的同类。我们对着"象人"的照片，反复告诫自己他的心灵美，他的灵魂美，我们不可以那么肤浅，可最终还是失败了，"怪物"这个印象，抹不去。

我们仍然恐惧，会排斥这个——不，这些异类。这就是"象人"的悲哀。也是，社会的悲哀。

点 评

行文开篇,小作者驾驭语言的能力就已显现:语言简洁凝练,表达顺畅。文章中对于文本的分析比较深入,作者在分析"象人"所受到的非人待遇时,没有单纯地站在道德的制高点上加以剖析,而是能够提出"'另类',不只是'象人'"这样宝贵的思想。行文最后能够联系现实,反思自我,进一步认识到"社会的悲哀"。

书海拾贝

不是每一道江流都能入海,不流动的便成了死湖;不是每一粒种子都能成树,不生长的便成了空壳!生命中不是永远快乐,也不是永远痛苦,快乐和痛苦是相生相成的。等于水道要经过不同的两岸,树木要经过常变的四时。在快乐中我们要感谢生命,在痛苦中我们也要感谢生命。快乐固然兴奋,苦痛又何尝不美丽?

——冰 心

青山长存，我辈担当
——读《给青少年的中国文化课①.了解这些难题》有感

◆学校:嘉善高级中学　◆作者:张慧羽　◆指导老师:朱苗苗

作为学生，我们的学业任务有"文化课"之称；作为中国人，中国文化是我们生命的基座。社会呼吁青年坚定文化自信，高山仰止，我在继续爬行攀登之前，怀着朦胧的理解走到余秋雨先生身后，阅读《给青少年的中国文化课》这一路线指示地图，以求在他的指导下领略这座山的气貌、高度、体量，不至于陷入泥淖之中。以下是我关于此系列之一的《了解这些难题》的读书发现。

"文化，是一种成为习惯的精神价值和生活方式。它的最终成果，是集体人格。"这个定义集中了中外前人的智慧，令人醍醐灌顶。它概括了文化形成的过程："习惯"表示其来源于长期的"生活"积淀，"精神价值"在进一步发展中得以被创造，如弗洛伊德提出的"集体无意识"和荣格的"不是歌德创造了《浮士德》，而是《浮士德》创造了歌德"，文化最终以一种群体默契沉淀下来，化成天下，归结到人。国危民靡之中，许多不问精神价值，又看不起衣食住行的"文人"故步自封，将国之未来推入深渊，而陈独秀先生等人将新文化推广至全国，鲁迅先生在《阿Q正传》《孔乙己》等作品中寻找国民性，他们都知道载舟覆舟之道理，并在文化中看到了出路。他们以"新文化"发现和改造集体人格，最终将五湖四海凝聚成了不可战胜的人格合力。

这种来自五湖四海的力量究竟蕴藏了什么而具有如此潜力？在漫长的历史进程中，世道常常像那样濒于崩溃，但正如基辛格说的，"中国人总是被他们之中最勇敢的人保护得很好"。余秋雨先生告诉我们，这种集体人格的故乡是中国神话，它们"为一个庞大的人种提供了鸿蒙的诗意"。忆往昔峥嵘岁月，怀女娲之魂，聂荣臻以"拯父老出诸水火,争国权以救危亡"为终身之事业;秉精卫之志,瞿秋白临死前写下的《多余的话》如同一把解剖刀,淬炼出"探索比到达更可贵"的价值取向;看现世画轴,奉夸父之愿,吴天一扎根高原、爬冰卧雪,诠释天人合一,创造十四万筑路大军急性高原病"零死亡"的奇迹;念嫦娥之美,国人瞩目奥运健儿,将孤影独战化为万众共仰的壮阔诗意的群体面貌。经久不衰的诗意阔而不空,远而不虚,纯净而有张力,植入古今每一个中国人身上。

穿过缥缈云雾,炎黄起跑,尧舜禹接力,中国进入文明时代。在空旷的古文明时代中,当古巴比伦文化在硝烟中被践踏时,内向宏伟为古中国文化提供了保存和流转的空间;当古埃及文化故作神秘时,中国文字作为现世通码,在风雨中保存了文化基因,提供了人格共建共融的台阶;当古印度文化满溢失神时,中国文化有着以《周易》和《诗经》为起点的哲思和文采,"在混沌中亲民,在模糊中出没,在多义中隐约",又逐渐具备了司马迁等人严峻而可信赖的审视群体,牢固了中国文化的主干梁柱;当其他三个文化失去传承联系时,当它们因粗疏随意而湮灭时,中国文化的血缘纽带始终保持韧性,农耕文化在"聚族而居,紧追时令"的基本生态中欣欣向荣。地理优势和平和有度的集体人格,成就了中国文化"野火烧不尽,春风吹又生"的奇迹和必然。

奠基时代,在儒家温暖、道家超逸、墨家热烈的目光和法家峻厉的改造下,齐国稷下学宫独立有序整合文化,"智能大爆发";哲学王朝,秦汉由法家哲学、道家哲学走向儒家哲学,伴随佛教传入,中国文化宏伟雏形"三足鼎立",张骞以"凿"而非"战"演绎了中国文化源于"厚土意识"的"非战略本性";魏晋南北朝,慷慨英雄型、游戏反叛型、安然自立型集体人格如同重峦叠嶂层层推进,在中国文化整体老化的危机中,孝文帝等鲜卑族人改革拓宽汉文化生命气场,凉州风范渗透整个黄河流域;唐代长安普及了世界性的生活方式,精神开放,汉人胡化,展现青春气息;宋代在汉人胡化的隐患中抓住了生态质量,形成认真研究的专业气氛和精致的市民社会,中国政治焕发理想主义的光辉,朱熹的集大成哲学在足够的基座、默契和如林的对手中健康发展;元戏剧蓬勃而起,明清文化专制,文化气氛狞厉,民间打破审美偏仄建立长篇叙事功能;十九世纪末,中华民族的集体人格被碾碎唾弃了。余秋雨先生教我们体会作为中华子民的充实感,又将我们牵入那个山河破碎的年代,他的态度严肃诚恳又保持着乐观,引导我们反思,当代的中国文化如何才能紧跟当代的创新态势并取得世界身份?

怀着充分的文化自我省识,对于中国文化的弱项,余秋雨先生以国际宏观视

野提出了三点:第一点是漠视公共空间。自古至今,中国存在一个现象——很多国民的关系分割只有小家责任和苍生俯视,在这之中的社会空间成为一个盲区被直接跳过。我想到人类学家项飙提出的一个对策——发挥乡绅精神,也就是说,在自己所在的一个小社区里追求秩序的稳定完善,应该是与这个问题相对应的。第二点是忽视实证精神。李约瑟将其归因于古代中国式的官僚主义,而现代法治社会的建设让我们更加理性科学地对待事件。第三点是轻视创新思维,文化的生命力在于创新,复古文化降低了中国文化的平等对话可能,将使突破失去合法性。这三个问题遗留于历史,延续至今,长时间都无法彻底解决,我们应当保持审慎。"日月有所不照,圣人有所不知",不可十全十美,却有长青的信仰,我们应当保持自信。我们看见,新时代的中国正视着这些弊端;我们参与,在中国文化这座历经沧桑的高山上固坡植树,使之历久弥新,展现新风。

　　单霁翔踏破布鞋临危受命,将故宫文化传承扛于铁肩;李子柒立足田园乡野,讲好中国故事;哔哩哔哩跨年晚会成功融合媒体,打动中国人心;《哪吒之魔童降世》重塑传统形象,鼓舞了更多时代新人。书桌前的我们,应当怎么做呢?

　　"是否找回,只看今天和明天的创造。""今天和明天"便是天降大任于我辈青年的当下。这是余秋雨先生的殷殷叮咛,更是中华民族的热切希望。我辈必将踏实治学,发扬踔厉,载中国文化之伟大人格,寻柳暗花明于山重水复,以史为鉴,继往开来。且看来日,舒天朝晖,磅礴东方!

 点 评

　　本文的小作者能够在阅读余秋雨先生的《给青少年的中国文化课①.了解这些难题》一书后,有如此之"发现",非常可贵。字里行间,能感受到小作者领略到了文化"这座山的气貌、高度、体量"。前半部分语言以长句为主,结合余秋雨先生站在历史的高度,高瞻远瞩地传达对"文化"的深层理解,引经据典,材料丰富;后半部分对于"中国文化的弱项",先生提出三点文化自省,醍醐灌顶,发人深思。行文最后,联系现实,正如小作者所说"且看来日,舒天朝晖,磅礴东方",气势充沛,对未来充满希望。

号角·启明星·光
——读《艾青诗选》有感

◆学校:平湖中学　◆作者:冯煜雯　◆指导老师:陆伶俐

"为什么我的眼里常含泪水?因为我对这土地爱得深沉……"

短短一句话,似乎包罗万象。这是艾青独有的浪漫。

偶然接触这本书,我几乎瞬间"沦陷",每一首诗都是一个故事,每一句话的背后都有跌宕起伏的感情——这是一份赤子的真诚。不知为何,在那滚烫的、奔腾着的字句之间,总有一种深沉的、淡淡的忧郁。

艾青,他是激昂的。他写《吹号者》,写他悲苦的命运,那随着号声进出的看不见的血丝;写那随着阵阵号声,从号角内飞出的深沉与热爱;写那号角吹醒了世界,给大地铺上光芒,为战斗镀上了一层层的激烈,"吐出胜利的祝祷";写在最后一刻,在吹号者倒下了的时刻,那只号角,那只湮没在血迹中的铜号……号声依旧在响。

艾青,他是乐观的。正如他笔下的礁石,当无止境的海浪肆意侵袭,迫不及待地要将它砍碎,将它毁灭,将它碾为平地时,它仍咬着牙挺立,哪怕浑身上下伤痕累累,留下了一个又一个印记。不论迎接的是多么凶猛的海浪,要面对的是多么难以忍受的折磨,它也要含着笑,看海洋。

艾青,他是感性的。他不平于耶稣的离世,一字一句无不勾勒出犹大丑恶的嘴脸,激起人们的愤懑;他渴望被最初的晨光照射的启明星,渴望光明,渴望希望;他相信最痛苦的、最黑暗的日子绝不可能永存,当黑夜逃遁、白昼到来之时,一切都能重获新生!

他赞美光,赞美光不用剑拔弩张而让人觉醒的力量,赞美光的大爱无疆、普照

四方;他歌颂生命,要将自己黯如死灰的日子,跃出生命的鲜红;他感叹大地的包容与广博、旷野的凋敝、山川的秀丽,感叹那"山随平野尽"一般的开阔与广袤……慷慨的笔调,以最简单、最质朴的方式,令我血脉偾张。

当他将炽热的目光投向北方的土地,他看到了那些被蹂躏的生命,那狂风吹起的阵阵沙石,给人带来的是何等透彻的悲凉!即便他在铁窗之中,身处阴暗与冷寂之中,他看到的仍是希冀,他感受到的仍是世界的存在!他怀念着,也渴求着,同时也坚定着。语言的张力,也令我激情满怀。

"我生活着,故我歌唱。"

他在生活中每一样细小的事物上酝酿自己的感情,除了沉重而忧郁的思索,或许,更多的是对光明与希望的向往。他将自己毕生的心血,都倾注在了这字里行间,不难看到,一个诗人对于文学超越一切的热爱……

"活着就要斗争,在斗争中前进,即使死亡,能量也要发挥干净。"

他的每一首诗,似乎都是一个号角、一颗启明星、一束光,吹醒麻木不仁的人们,为他们指明方向,又在他们前进的道路上洒满阳光!

 点评

艾青的诗歌充满深沉而真挚的感情,而小作者能在那滚烫的、奔腾着的字句之间,读到"总有一种深沉的、淡淡的忧郁",实在可贵。行文运用并列式的结构"艾青是激昂的/乐观的/感性的"作为文章主体,结合艾青的诗歌内容进行阐释。语言富有诗情画意,感情浓烈而富有感染力。